妖(あやかし)たちの四季

廣嶋玲子

太鼓長屋に住む弥助のもとには，今日も妖怪たちがやってきて大賑わい。妖怪に季節外れの花見に誘われた弥助と千弥だが，ふたりのあとをこっそりつけていた久蔵までもが紛れ込んでしまい……。（「春の巻」）　心配性の叔父，月夜公に屋敷に閉じ込められてしまった津弓。ふてくされた甥をなぐさめようと月夜公は弥助をさらってくるが……。（「夏の巻」）小妖怪の身でなぜ玉雪は立派な栗林をもっているのか？（「秋の巻」）　千弥と月夜公の過去の物語。（「冬の巻」）　妖怪の子預かり屋の弥助と妖怪たちの心温まる四季の交流を描く，人気シリーズ第三弾。

物
久蔵
太鼓長屋の
大家の息子
千弥
太鼓長屋に住む
按摩の青年
玉雪
兎の妖怪
弥助
千弥の養い子
梅吉
梅の子妖怪
うぶめ………子供を守る妖怪

登
月夜公
妖怪奉行所
東の地宮の奉行
飛黒
烏天狗
津弓
月夜公の甥
王蜜の君
妖猫族の姫
初音
華蛇族の姫

覚
心を読む妖怪
忘
弥助が出会った
男の子
安天
西の山の子供
雪福
化けふくろう
真白………雪福のつれあい
鈴白の姥狐………月夜公の乳母

雪耶（ゆきや）
王妖狐族（おうようこぞく）の若君
綺晶（きしょう）
雪耶の双子（ふたご）の姉
白嵐（びゃくらん）
自然の気から
生まれた妖怪

妖怪の子預かります3

妖(あやかし)たちの四季

廣嶋玲子

創元推理文庫

FORGET ME NOT AND OTHER STORIES

by

Reiko Hiroshima

2016

目次

登場人物紹介・扉イラスト　Ｍｉｎｏｒｕ

妖怪の子預かります3

妖たちの四季

(あやかし)

桜の森に花惑（まど）う

一

「花見をしようじゃありませんか」

誘われて、弥助は目を丸くした。

ここはお江戸の下町。貧乏長屋がずらりと並び、庶民達が朝夕にぎやかに暮らしている。やれ、こっちの棟で夫婦喧嘩だの、それ、あっちの便所で子供が落ちただの、誰それの今夜のおかずはめざしだのと、暮らしの全てが筒抜け。なにしろ、壁板の薄さには定評があるのだ。

そんな長屋の一角に、少年弥助は住んでいた。家族は養い親で、全盲の按摩の千弥一人。

千弥は、見た目はとにかく若々しく、そしてとにかく美しい。白皙の美貌は曇ることのない月のようで、近づきがたいくらいだ。まったく年をとらない様子から、太鼓長屋の観音様だのと、長屋の住民達に密かに人外扱いされている。

だが、実をいうと、それは的を射ていた。千弥の正体は、白嵐という大妖で、かつて罪を犯し、人界に追放されたものだったからだ。その養い子である弥助はれっきとした人間で、千弥の正体を知ることもなく育てられていた。が、昨年の秋以来妖怪達と深く関わるようになった。とある事情で、妖怪うぶめに借りを作り、その手伝いをするはめになってしまったのだ。それは、夜な夜な妖怪の子を預かり、世話をするというものだった。つまり、妖怪の子預かり屋となったわけだ。最初はいやがっていたものの、弥助は徐々に役目に慣れていき、今ではすっかり妖怪達とも顔なじみ。それをいいことに、妖怪達もなにかというと弥助のもとを訪ねて来ては、おしゃべりを楽しんでいく。

妖怪達の力で結界が張ってあるため、この部屋の中での騒ぎ、会話は、決して外へはもれない。おかげで、長屋の人々にも秘密がもれることはなく、弥助と千弥は安心してこの不思議に満ちた毎日を過ごせているというわけだ。

今も、弥助の前には化けふくろうの雪福(ゆきふく)がいた。体は弥助よりも大きく、羽毛は雪のように白い。赤々とした紅玉(こうぎょく)のような目が、かっと見開かれていて、少々迫力がありすぎではあるのだが、いたって気のいい妖怪だ。今夜は、自分の息子が世話になったと、わざわざ菓子折を持って、挨拶(あいさつ)に来てくれたのだ。

そのままおしゃべりがはずむうちに、今年は花見に行けなかったと、弥助がぽろりと言った。すると、「そりゃいけない」と、雪福の首がくるりと回った。

「花見をせずに春を終わらせちゃいけません。こりゃぜひともしようじゃありませんか」

「しようって、何を？」

「もちろん花見です。花見をしようじゃありませんか」

弥助はあきれはてた。それもそのはず。今は皐月の終わり。桜も新緑もとうに過ぎ、梅雨も間近という時期なのだ。

「ちょっと寝ぼけてやしないかい？　桜なんか、とっくに散っちまってるじゃないか」

「ちちちっ」

雪福はおかしそうに舌を鳴らした。

「弥助さん。自分の見えるものでしか物事を判断しないのは、感心しませんねえ。花見をしようというからにゃ、こちらにゃちゃんと、あてがあるんですよ」

「あるって、どこに？」

「猫の姫様のお庭ですよ」

そこは一年中桜が咲いているのだと、雪福は言った。

「そりゃあきれいなとこですよ。ことにね、姫様ご自身が作り出した常夜桜という桜。これが本当に見事で。妖界百景の中にも、毎年必ず選ばれるほどなんです」

「妖界百景なんて、あるんだ……」

「そりゃもちろん。我々妖怪だって、きれいなものは好きですからね」

ふふんと、雪福は胸毛をふくらませてみせた。だが、弥助の頭に浮かんできたのは、桜ではなく、一人の少女の姿だった。

長い純白の髪をなびかせた、甘く蠱惑的な金の瞳の持ち主。雅やかでありながら、強烈な覇の空気をまとう少女。あの少女も、確か猫の妖怪で、「姫」と呼ばれていたはずだ。

「猫の姫様って、もしかして、金目で髪が白い？」

「おや、もうお会いしてたんで？」

うなずく弥助に、雪福は紅い目を輝かせた。

「そりゃ運のいいことで。そりゃもう、ぞくぞくするような美しさだったでしょう？ あの方を間近に見られる人間は、そうはいませんよ」

「うん……すごくきれいだった……でも、怖かったよ」

「ふふふ。あの方は力をお持ちだから。怒らせれば、怖いお方ですよ。大いに気まぐれも起こしますしね。でも、気前は悪くない。頼めば、一晩くらい、庭先を貸してくださるでしょう。段取りをつけてくるんで、まあちょっと待っててくださいよ」

「え、え、いいよ。わざわざ姫様に頼むって、なんか悪いし」

「大丈夫ですよ。面倒なことは全部私らがやるんで」

「私ら？」

「そりゃ花見ですからね。にぎやかに華（はな）やかにやったほうが楽しい。あちこちに声をかけるつもりです。みんな、喜びますよ。こぞってごちそうをこしらえて、やってきますよ」

「なんか……大がかりになりそうだね」

「大がかりにしたいんですよ。とにかく、やらせてくださいよ」

ふっと、雪福の声が改まった。

「子供らの神隠しの一件で、弥助さんがひと肌もふた肌も脱いでくれたことは、みんなが知ってます。弥助さんが、あの人形師と骸蛾（むくろが）を見つけてくれなかったら、子供達は決して親元に戻れなかった。魂魄（こんぱく）を生き人形に使われ、ずっと、暗い部屋に閉じこめられてたことでしょうよ」

雪福は感謝をこめて言ったのだが、弥助は少し顔がひきつった。

人でありながら人心を欠いた人形師の虚丸（うろまる）。その虚丸に手を貸していた骸蛾の羽冥（うみょう）。この二人は生き人形を作るため、多くの子妖怪達をさらっては、その魂魄を抜き取っていた。必死の捜索にもかかわらず、さらわれた子供らの行方も、下手人の正体もいっかなつかめず、妖怪奉行所もお手上げの状態だった。

そんな中、偶然に偶然が重なって、弥助が虚丸達のもとに辿りついた。そこから事件は解決し、子供らは無事に親元に帰ることができたのだ。

万事めでたしと言いたいところだが、まったく犠牲がなかったわけでない。この一件では、弥助の知り合いの少女が一人、命を失っていた。その少女、おあきを助けられなかったことは、弥助の中にいまだ傷を残していた。

そして、弥助のことに関しては異常なほど敏感な千弥は、すぐさまこれに気づいた。それまで閉じていた口を開き、静かだがぴしりとした口調で雪福に言ったのだ。

「雪福。その話はしないでもらえるかい。思い出して気持ちいいもんじゃないんだから」

「ああ、これは失敬。それじゃ、もう言いませんよ。とにかくね、みんな弥助さんにお礼がしたくて、何かしたくて、うずうずしてるんです。ぜひとも、我々にその機会をいただきたい。どうかどうかお願いしますよ」

結局、押し切られるようにして、弥助は妖怪達と花見に行くことを約束してしまった。ほほうと鳴いて、雪福は大きな翼を広げ、

「それじゃ、段取りのほうは全てこちらにまかせてくださいよ。いやあ、楽しみですねえ。ほんと楽しみだ」

と言ってわくわくした様子で飛び立っていった。

そして数日後、花見の日取りを記した文が、夜風に運ばれて、弥助達のもとに届いた。

やれやれと、弥助は笑った。

「妖怪も花見となると、気合いが入るんだね」

「そりゃね。祭りや酒盛りは、古来からあやかしのものどもの好物だもの。私も嫌いじゃないよ」

「ほんと？　それなら千にいも一緒に行くよね？」

「もちろんだよ。……まあ、行き先があの姫の庭と思うと、考え直したくなるがね」

「……千にいはあの姫様が嫌いなんだね」

「嫌いじゃないよ。苦手なだけさ。猫の性を持つだけに、何をしでかすかわからないところがあるからね。だからこそ、一緒についてくよ。まずないとは思うが、もし弥助に手を出してきたら……ちょいとしつけてやらなきゃなるまいね」

怖い顔でつぶやく千弥に、弥助はぞぞっとした。あいかわらず凄味があることだ。あの猫の姫、王蜜の君と呼ばれていた少女も、たいそうな迫力があった。この二人がぶつかりあったら、それこそしゃれにならない。

どうかどうか、そんなことになりませんようにと、弥助は祈った。

二

なんだかんだと日々は過ぎ、あっという間に花見の日となった。一抹の不安を覚えつつも、弥助はわくわくし始めていた。花見と聞くと、やはり血が騒いでしかたない。

外を見れば、だいぶ日は傾いている。半刻もすれば真っ暗になるだろう。約束の時刻まではまだあるが、余裕を持って、少し早めに家を出たほうがいいかもしれない。

そう考え、弥助は千弥を振り返った。

「千にい、そろそろ出ない？」

「もう？　せっかちだねぇ」

「なんか、気がせいちゃって、落ち着かないんだ。ねえ、行こうよ。いなり寿司もけっこう重いしさ。歩くのにちょっとかかっちまうかもしれないよ」

「まったく。そんなにたくさんこしらえるからだろう？　だいだい、身一つで来てくれと、文にも書いてあったじゃないか」

「だけど、招かれといて空手じゃ行けないよ」

「そういうもんかねえ」

「そういうもんだよ」

そう言いながら、弥助は用意しておいた風呂敷包みを肩に背負った。ずっしりと重い。朝からがんばってこしらえたいなり寿司が、重箱の中にぎっしり詰めてあるのだ。

甘辛く炊いた油揚げに、さっぱりとした酢飯を詰めたいなり寿司。自慢するわけではないが、いい味にできている。きっと妖怪達も喜んでくれるだろう。それに、手ごろな大きさで食べやすいいなり寿司は、行楽にはうってつけだ。

踏ん張っている弥助に、千弥も苦笑しながら立ちあがった。

「わかったわかった。それじゃ、行こうか」

「うん」

時刻はもうじき暮六つ。少し湿った風が吹いているが、それはそれで心地がよい。通りを歩けば、家路を急ぐ人達とすれ違う。道に落ちた影は長く伸び、まるで自分の背丈がぐんと伸びたように思える。

そんな夕暮れ時を、弥助達はゆっくりと歩いていった。向かうは、少し離れたところにある河川敷だ。その河川敷は、大川から枝分かれした小さな川沿いにあり、一定間隔で柳が植えられ、緑の並木となっている。

昼間は風情（ふぜい）がある場所として人通りも多いが、夜間になると、人足はぱったりと途絶える。暗闇の中で揺れる柳が不気味な雰囲気をかもしだすせいもあるが、もともと、ここにはあまりよくない噂があった。

ことに、川にかけられた小さな橋のまわりでは、暗くなると、人魂や鬼火が舞っているのが見られるという。人々はその橋を「鬼呼び橋」と呼んで、よほどの物好きでない限り、夜は近づこうとしなかった。

だが、他でもない、その鬼呼び橋が、妖怪達との約束の場所だったのだ。

太鼓長屋の大家の息子、久蔵（きゅうぞう）はいい気分で居酒屋ののれんをくぐって、表に出た。今の今まで、昼酒を堪能（たんのう）していたので、すっかりほろ酔いとなっている。

このまま家に帰るか。いやいや、ここで親の渋い顔なんぞ見たら、せっかくの酔いが醒めてしまう。もう少しどこかで遊んでいこうか。それとも、顔見知りの女のところにでも泊めてもらおうか。最近仲良くなった小唄の師匠のところなども悪くない。膝枕（ひざまくら）をしてもらいながら、唄でも歌ってもらえたら、さぞいい気持ちだろう。

その気になりかけた時だった。久蔵の目が二人組の姿をとらえた。

一人は、細身の青年だ。頭を丸めているが、匂い立つような色気がある。顔なんぞ見なくても、「美しい」と思わせる独特の迫力と気をまとった青年なのだ。

その連れは、まだ十二、三の少年だった。こちらはごくごく普通の容姿だが、目鼻に子狸のような愛嬌がある。

かなり離れたところを歩いていようと、この二人の姿は見間違えようがない。按摩の千弥とその養い子の弥助だ。太鼓長屋の住人で、二人とも久蔵とは旧知の仲だ。

といっても、友人と思っているのは久蔵ばかりで、弥助などは久蔵を天敵とみなしていた。なにかというと弥助をからかったり、その気のない千弥を盛り場に連れだしたりするのだから、無理もないのだが。

ともかく、久蔵はすぐに駆け寄って、声をかけようかと思った。だが、そうするかわりに、さっと身を物陰に潜ませたのだ。

なにやら楽しげに話しながら歩いていく千弥と弥助。その姿は、ほっこりとしていて微笑ましい。

だが、久蔵が嗅ぎつけたのは、秘密の匂いだった。そもそも、あまり家を出たがらない二人が、こんな時刻に出歩いているとはおかしい。しかも、弥助のわくわくしたような顔はなんだ？　大きな四角い風呂敷包みを背負ったところといい、これはどこかおもしろい場所に行こうとしているに違いない。恐らくは、何かの祭りか宴か。

久蔵は自分の勘を疑わなかった。こういうことにかけては、抜群に鼻が利くのだ。

だが、一緒に連れていけと頼んでも、へそまがりな弥助はうんとは言わないだろう。そして、弥助がいやがれば、千弥は絶対に同行を許さない。

ならば、あとをこっそりつけていくのが一番。で、ここぞという時に、飛び出していくのだ。弥助のぎょっとした顔も見られるだろうし、これぞ一石二鳥だ。

にんまりと笑って、久蔵は弥助達のあとをつけ始めた。あとをつけるというのは初めてのことだが、こそこそするのはお手のもの。なにしろ、年がら年中、親や借金取りや女達から逃げ回っている久蔵なのだ。

それに、弥助も千弥も、一度も後ろを振り返らなかった。どうやら先を急いでいるらしい。ことに、弥助の足取りははずむようだ。

これはますますおもしろいと、久蔵も期待に胸を膨らませた。

そうこうするうちに、人通りはどんどん減っていき、やがて人気のない河川敷へとやってきた。

(こりゃ……ちょいとおかしいね)

さすがに久蔵も首をひねった。弥助と千弥は悪名高き「鬼呼び橋」にぐんぐん近づいていく。あの薄気味悪い噂を知らないのか、それとも知っていて、橋を渡ろうというのか。

久蔵は少し肝が冷えた。神も仏も信じていないような不心得者に見える男だが、意外なことに、「この世に人外のものはいる」と、かたく信じていたのだ。

（まったく。ほんとに鬼とか出てきたら、どうすんだい。もしものことが起きても、目の見えない千さんと小僧の弥助だけじゃ、どうにもできないだろうに。ああ、もう！　こうなったらしかたないね）

びっくりさせるのはあきらめて、久蔵は距離を縮めて、二人に近づこうとした。そして、二人が鬼呼び橋を渡るのではなく、橋の下へと降りていくのを見たのだ。

橋の下は、人の背丈よりもある葦が茂っている。その中に呑みこまれるように、二人の姿は消えていった。

「まずい！」

見失ってしまうと焦った久蔵は、ついに走りだした。裾をまくりあげ、河川敷の斜面を滑り降り、葦の茂みへと突っ込んでいく。

「おおい、千さ……」

言葉はそこで途切れてしまった。かきわけていた葦が、いきなり目の前から消えたのだ。

薄闇の中、久蔵はまったく知らない山の中に立っていた。

三

「すげえ！」

弥助は思わず声をあげていた。

橋の下をくぐったとたん、目の前にうっそうとした森が現れたのだ。振り返っても、同じような木立があるだけで、葦（あし）の茂みも橋も消えてしまっている。いや、見えないだけで、本当はそこにあるのかもしれない。

いったん、後ろに戻ってみようか。

弥助がそう思った時、上から声が降ってきた。

「お迎えにあがりましたよ」

顔をあげるまもなく、弥助は大きなものに体をつかまれ、ぐっと持ち上げられていた。足が地面から引き離され、ぎゅうっと一気に上昇する。

身をすくめながら、弥助は慌てて上を振り仰いだ。そこにいたのは、翼を広げた雪福だった。

「雪福！」

「よく来てくれましたねぇ、弥助さん。今夜は月もきれいだし、絶好の夜桜見物になりますよ」

羽ばたきを続けながら、雪福は嬉しそうに言った。弥助を足でつかみ、楽々と空を飛んでいく。

「せ、千にいは？」

「ご心配なく。私のつれあいの真白が運ばせてもらってますよ」

その言葉通り、千弥はもう一羽の化けふくろうによって運ばれていた。こちらは驚いた様子もなく、涼しげに夜風を顔に受けている。

引き離されなかったことにほっとしつつ、弥助はようやく前を向いた。

昇りかけの月の光を受け、小さな山々がいくつも連なっているのが見えた。いずれの山も、ほのかな薄紅色、淡い真珠色、ふんわりとした月光色に彩られ、まるで蛍火のように輝いている。

まさかと、弥助は息を呑んだ。

「これって……全部、桜？」

「さようですよ。この前お話しした猫の姫様の、ご自慢の桜のお庭です」

「庭！　これが！」

山と森の間違いだろうと、弥助は思った。庭というから、どこかの屋敷の庭や庭園を思い浮かべていたのだが、これはけた違いだ。

「……どう見ても、庭なんて代物じゃないよ、これ」

「ははは。このくらいで驚いてちゃいけません。なんたって、姫様は大妖なんですからね。ご自分が満足できる世界を作り出すのも、お手のものですよ」

では、この目に映る景色全てを、猫の姫が妖力によって作り上げているということか。

改めて、大妖といわれるものの力を思い知らされた気がした。

（千にいも、大妖だったんだよな。今は、力はほとんどないって、言ってたけど……昔は千にいも、こういう庭を作ったりしたのかな？）

いつか聞いてみたいと思った。

それにしても、夜風が気持ちよかった。甘い香りを含んでいて、柔らかい。やはりここは人界ではないのだと、この風一つとってもわかる。

「気持ちいいとこだね、ここ……」

「ええ、ええ。弥助さんならきっと気に入ると思いましてね。だから、花見をするならここでと思ったんです。ほんと、よかったですよ。姫様が快くお庭を貸してくださって」

「そ、そうなのかい？」

「ええ。好きに騒いでいいと、ちゃんとお約束もいただいてます。ということで、今夜は無礼講ですよ。仲間達もうんと来ます。まあまあ、楽しみにしててくださいよ」

雪福の羽ばたきに力がこもったのが、弥助にもわかった。ひときわ大きく明るく輝いている山へ、ぐんぐんと向かっていく。

夜風を全身に受けながら、弥助はふと雪福に尋ねた。

「ところでさ、待ち合わせは鬼呼び橋の下でって、文に書いてきたろ？　言われたとおり、橋の下に行ったら、急にここに来たんだけど。あれって、どういうからくりだい？」

「なに。からくりってほどのもんでもありませんよ」

くすりと雪福は笑った。

「人間の弥助さんは驚いたかもしれませんが、ちょいと門を作ったんですよ。あの橋のあたりは、ちょうど妖界と結びやすい土地でして。そこに門を作れば、好きなところに通じるわけです」

「門なんて、どこにもなかったけど……」

「人の目には見えないよう、ちゃんと細工してあるんですよ。作り方？　いや、それだけはご勘弁を。口で説明するのは少々厄介ですのでね」

「ふうん。それなら無理には聞かないよ。でもさ……その門は今、どうなってんだい？」

「面倒なので、弥助さん達が戻る時まで、そのままにしておきます。どうせ、あのあたりはめったに人も通らない。まして、橋の下をくぐろうなんて、よほど物好きでない限り、人間はしないですからね」

　雪福は自信たっぷりにそう言ったが、その言葉はすぐに覆（くつがえ）される。雪福達が弥助達を運び去ったあとすぐ、久蔵がこちらの世界に姿を現したのだ。

「まいったね、これは……」

　久蔵はうめいた。右を向いても、左を向いても、見えるものはうっそうとした木立ばかり。千弥も弥助の姿も見当たらず、途方にくれるしかなかった。

「どこなんだい、ここは」

　よく見ると、周りにある木は全て桜だった。しかも、満開の花をつけて、淡く美しく輝いている。そのおかげで、夜になっても明るく、足元が闇に沈むことはない。

　時季外れの、光る桜。こんな不思議があるわけがない。夢を見ているのか。それとも狐（きつね）が見せる幻か。どちらにしろ、どこかに迷いこんだのは間違いない。

「しかたない。どうにかなるまで、少しぶらつかせてもらおうか」

不思議と怖くはなかった。怖いと思うには、あまりにここが美しかったからかもしれない。こんなに見事な桜の森を、久蔵は知らなかった。夜闇の中、こんなに清らかに艶(あで)やかに咲き誇る桜の花は、見たことがない。

「夢だかなんだか知らないけど、こんなのを見せてもらえるとは、俺も運がいいねぇ」

久蔵はゆっくりと歩きだした。進めば進むほど、桜は美しく見事になっていく。

ちらちらと、雪のように舞い散る花弁を肩に受け、久蔵はため息をついた。なんという気持ちよさだ。桜の花に埋もれていくようなこの心地。この世の全てがどうでもよくなってしまう。

「夜の桜には魔が潜むって、前に誰かが言ってたっけねぇ。夜桜に魅入られると、食われてしまうって」

それはそれでいいのではないかと、久蔵は思ってしまった。そう思えるほどに、この夜桜の森は美しかったのだ。

しばらくの間、久蔵はゆったりと桜の間を歩んでいった。飽きがくることはなかった。一歩、また一歩と、薄紅色の霞(かすみ)の中に踏みこんでいくようで、何か神秘的なものに自分が包まれていくのを感じる。それがなんとも不思議で心地よい。

が、やがて人恋しくなってきた。目の前にせっかくこんなにもすばらしい景色が広がっているのだ。一人で楽しむにはもったいない。美しいものや楽しいことは、誰かとわかちあいたい。久蔵はそういう性質だった。

誰か、誰かいないだろうか。

焦がれるような気持ちで、久蔵は周りを見回した。

「うーん。どう考えても、ここは夢か幻の中。ってことは、千さんや弥助がいるわけがないし。……ああ、もう！　蛇でも鬼でも、なんでもいいよ。とにかく、誰か出てきてくれないかねぇ」

いやいや、誰でもいいというわけではないと、久蔵は思いなおした。花見を一緒に楽しめる相手、話して楽しい相手でなければ。

「狐なんかおもしろいかもね。そもそも、今の俺はあやかしの類にたぶらかされているみたいだし。となると、そろそろ狐が化かしにくる頃かな？　こう、すんごい美人が出てきて、しくしく心細そうに泣きながら、迷子になってしまったの、なぁんて言ってきてさ。で、俺は騙されてるふりして、付き合ってやると。うん。おもしろいじゃないか」

そんなことを考えながら、さらに足を進めようとした時だ。久蔵の耳が、かすかな声をとらえた。

「そうら！　おいでなすった！」

久蔵は大喜びで声のするほうへと向かった。恐ろしさや不安など微塵（みじん）も感じなかった。

こんな不思議な場所に、自分以外の誰かがいる。それがわかっただけで、胸が高鳴った。

会いたい。会いたい。話をしたい。

その一心で走った。

そして、ようやく見つけたのだ。

薄闇の中、小さな人影が桜の大木の根に抱かれるようにしてうずくまっていた。萌黄（もえぎ）色の振袖を着ているところを見ると、若い娘らしい。結わずにおろしているだけの髪は長く、驚くほど艶（つや）やかで、闇の中でも光を放ちそうなほどだ。

だが、顔は見えない。桜の根元につっぷし、しくしくと、世にも悲しげに泣いているからだ。

わくわくと、久蔵は声をかけた。

「娘さん。どうしたんだい？　なんで泣いているのかな？」

娘が顔をあげた。濡れたつぶらな瞳が、久蔵を見た。続いて、愛らしい口が開き、「迷子になってしまったの」と、鈴を振るような声で告げたのだ。

ちょっとの間、茫然（ぼうぜん）としていた久蔵だったが、我に返るなり、苦笑してしまった。

「そりゃ、こういう筋書きじゃないかと思っちゃいたけどね。これはちょいと……芸がなさすぎるんじゃないかい？」

「なんのこと？」

「いや、まあ、それがいいなら、別にかまわないけどね。こんなべっぴんさんが出てきてくれるとは思ってなかったし」

これは世辞でもなんでもない、本心から出た言葉だった。娘は信じられないほど美しかったのだ。

なめらかな匂い立つような白い肌、青みがかった大きな瞳、すんなりとした品のいい鼻筋、ゆすらうめの実のように朱色に色づいた唇。全てが怖いほど整っている。夜桜の化身かと、久蔵は一瞬本気で思ったほどだ。だが……。

「……うーん。どうせなら、もっと大人だったらよかったねぇ」

久蔵が無念に思うのも無理はなかった。娘は八つか九つそこそこの年頃で、色気よりも幼さ、あどけなさが際立っていたのだ。これでは、いくら美しくても、なんとなくもの足らない。

「ね、あと十ほど年をとれないかい？」

相手を狐狸の類と見こんで、久蔵は頼んでみた。図々しいと怒られるかと思ったが、意外にも、娘は怒らなかった。ただ悲しげにかぶりを振ったのだ。

「だめなの。わたくし、まだ大きくなれないの」

「あ、そうなのかい」

じゃあしかたないと、久蔵はあきらめた。

とにかく、待望の話し相手に出会えたのだ。これで満足しなければ、罰があたるというもの。それに、この娘が泣いていたことも気になった。あまたの女達と付き合ってきたのでわかることだが、今のはひっかけでも嘘泣きでもない、本気の涙だ。

たとえ子供であろうと、女とつく相手にはひたすら優しくするというのが、久蔵の信条。それは、相手が人外であろうと関係ない。

泣いていたのであれば慰めてやらなくてはと、久蔵はにっこりと娘に笑いかけた。

「俺としたことが、あまりのべっぴんさんに驚いて、挨拶がまだだったよ。こんばんは、きれいなおじょうさん。お兄さんは久蔵っていうんだよ。そっちの名前は？　なんていうんだい？」

久蔵の軽い口調に、娘は驚いたように目を見張った。だが、少し気がほぐれたのか、小さな声で返事をしてきた。

「わたくしは初音(はつね)というの」

四

猫の姫君の庭で、大がかりな花見が催される。

華蛇族の姫、初音のもとに、そんな噂が届いたのは数日前のことだ。

むろん、初音は花見に行く気になった。にぎやかなことは大好きだし、友である猫の姫君とも久しぶりに会いたい。ここしばらく、ずっと気が塞いでいたので、なによりの気晴らしとなるはずだ。

だが、その花見が人間の子のために催されるものと聞いて、初音はいやな予感を覚えた。

まさか……。

噂を運んできた夜烏の墨子に、恐る恐る尋ねた。

「その、人間の子というのは、誰なの?」

「あれ、姫様はうぶめを手伝ってる人の子を知りませんか?　弥助といって、人ながらなかなか芯のある子ですよ」

さっと初音の顔が白んだことに、墨子は気づかなかった。ぺらぺらと、得意げに話し続ける。

「ええ、なんでもね、少し前まで続いてたかどわかし。ほら、子妖らがたくさんさらわれていたでございましょう？　あれを解決する糸口を作ったのが、その弥助だそうで。そのお礼に、弥助に最高の花見を味わってもらいたい。子妖の親達が猫の姫君にお願いしたそうでございますよ」

だが、初音が聞きたいのはそんなことではなかった。

このふた月、ずっと頭から消えてくれなかった顔が、声が、まざまざとよみがえってきた。

美しくて恐ろしい顔。軽蔑に満ちた冷ややかな声音。

ああ、どうかどうかお願い。あの少年一人なら、まだ耐えられる。だからどうか、あの子一人が花見に来て。

痛いほど願った。

「……ね、ねぇ。招かれているのは……その、弥助という人の子、だけなの？」

「はい？」

「だから、花見に呼ばれているのは、その弥助、だけなのよね？　そうなのでしょう？」

すがりつくように言う初音に、墨子はきょとんとした顔をした。それから、にこっと笑ったのだ。

「あ、なるほど。姫様はさすが御耳が早うございますね。ええ、ええ、もちろん、あの方も一緒に来られますよ。あの方、白嵐様」

ぎゃあああっと、初音は心の中で悲鳴をあげていた。そうとも知らず、墨子はしゃべり続ける。

「人界に堕ちられたとはいえ、白嵐様の美しさは少しも損なわれていないのだとか。私もお目にかかるのが楽しみでございまして。しかし、あの方ならば、ええ、華蛇の姫君にもふさわしい。姫様と二人、並ばれたら、それはもう美しゅうございましょう」

勝手に勘違いをしたまま、墨子は帰っていった。

一人になった初音は、息も絶え絶えのありさまだった。

来る。あの男が来てしまう。

白嵐。妖力を失い、今は千弥という人の名をかぶって生きている大妖。たいそうな美貌の持ち主と聞いて、ふた月ほど前、初音は白嵐に会いに出向いた。それほどまで美しい殿方ならば、恋することができるかもしれない。そう思ったのだ。

胸をときめかせて行ってみれば、そこにいたのは想像していた以上に美しい男だった。

これぞ運命の人になるかと、思われた。

だが……。

白嵐は冷たく初音を拒んだ。いや、あれは拒むなどという生易しいものではない。初音をののしったのだ。それも、自分の養い子の弥助に、無礼を働いたという理由でだ。

たかだか人間のために、ひどい言葉を投げつけられたことに、初音は深く傷つき、屋敷に逃げ帰った。それからずっと泣き暮らし、ようやく泣くのにも飽きてきて、花見に行く気になりかけていたのに。またしても白嵐が目の前に立ちふさがるという。

あの男とふたたび顔を合わせるのだけはいやだった。考えるだけで、胸がえぐられそうだ。だが、花見には行きたい。にぎやかな席で、「やれ、華蛇の姫のおきれいなこと」と褒め称えられたい。白嵐によってざっくり削られた自信を、皆からの賛辞で取り戻したい。

もんもんと初音は悩み続けた。

そして、花見当日の今日、なんとか屋敷を出はしたものの、心乱れるあまり本当に迷子になってしまったのだ。お忍びで出かけたことも災いし、頼れる者、助けてくれそうな者もおらず、初音は途方にくれた。

なんと自分は不幸なのだろう。

自分が哀れでならず、大桜の木に身を投げかけ、さめざめと泣いていた時だ。

「娘さん。どうしたんだい？　なんで泣いているのかな？」

若々しい声が投げかけられた。

顔をあげれば、若い男がそこにいた。それも人間だ。どうして、こんなところに人がいるのだろう。

初音は驚きながら、自分に話しかけてきた男を見つめた。

男は、藍色と小豆色の縦縞の着物を着て、小粋な帯をしめていた。しゃれ者のようで、香袋を忍ばせているのか、かすかに良い香りがする。

顔立ちは悪くはないが、とりたてて美しいわけではなく、初音の好みではなかった。だが、声やしゃべり方は気に入った。陰や曇りのない、明るい張りのある声であり、しゃべり方だ。

自分が「恋すべき相手」ではないが、当座の話し相手としては申し分ないだろう。

気が楽になり、初音は泣きやんだ。だいたい、泣き顔はあまり見せたくない。目ははれぼったくなるし、鼻が赤くなって、みっともない。

互いの名を名乗ったあと、久蔵という男は、ぺらぺらとしゃべりだした。

「知り合いを追いかけてきたら、こんな不思議なとこに迷いこんじまってねぇ。これ、初音ちゃんが見せてくれてるのかい？　いや、怒るつもりはさらさらないよ。こんなきれいな景色を見せてもらえて、こっちは礼を言いたいくらいだ」

どうやらこの男は、この桜の森を幻と思い、初音がその幻を作っている張本人だと思っているらしい。人というのは、なんておかしな勘違いをするのかしらと、初音はふきだした。

「わたくしじゃないわ。それに、ここは幻でも夢の世界でもないのよ。ここは、常夜桜の森。王蜜の君が作り上げた、桜の森なの」

「王蜜の君って？」

「妖猫の姫君よ。わたくしなんかより、ずっとずっと力をお持ちの方なの。すごくおきれいな、わたくしのお友達」

「へえ。初音ちゃんがきれいだっていうなら、そりゃもう、きれいなお姫さんなんだろうねえ。見てみたいもんだ」

さもうれしそうに、久蔵が笑ったものだから、初音は少し癪に障った。わたくしという姫が目の前にいるのに、王蜜の君に会いたがるなんて。

理不尽な苛立ちを覚えながら、初音はつんと顔をそらした。

「王蜜の君はあなたなんかとは会わないと思うの。それに、めったなことを言うものではないわ。王蜜の君は、魂を集めるのがお好きなんだもの。あなた、気に入られたら、魂を

「うわ、そりゃおっかないね。……ちなみに、その猫のお姫さんの好みの魂って？　まさか誰でもいいってわけじゃないんだろうね？」

「もちろん違うわ。王蜜の君はきちんと選んでおいでよ。今お好きなのは、あくどい人間の魂。残虐で、血も涙もないような魂ほど、美しい焰の玉となるそうよ」

「あ、つまり悪人しか狙わないってことだね」

それなら大丈夫だと、久蔵は己が胸を叩いてみせた。

「俺の魂は、その姫様のお気には召さないね。俺ほど心清らかな男はいやしないもの」

しゃあしゃあと言ってみせるところが、逆に嘘臭く、初音はぷぷっと吹きだした。こんなふうに誰かのおしゃべりを楽しいと思ったのは、久しぶりだ。

「あなた、おもしろい人なのね」

「うん。みんなにもそう言われるよ。ああ、やっと笑ったね。うん。初音ちゃんは笑ったほうがずっとずっとかわいいよ」

まっこうから言われ、初音はちょっと頰が熱くなった。愛らしい、美しいと言われるのは、いつものことだが、なぜかこの男の言葉は胸に響いたのだ。

「わたくし、かわいい？」

「うん、かわいい。最初見た時は、ほんと、桜の精かと思ったよ。でも、そうだね。その萌黄色の着物も確かに似合っちゃいるけど、初音ちゃんならもっと淡い色も似合うだろうねえ。夜明けの薄雲のような色の地に千鳥の柄なんか、いいと思うねぇ」

「そんなの、着たことはないわ。……似合うかしら？」

「もちろんだよ。俺の見立てに狂いはないよ。今度、呉服屋に一緒に行けたらいいねぇ」

一瞬、この男と一緒に人の町を歩く自分の姿が、初音の頭に浮かんだ。楽しそうだ。いや、きっと楽しいに決まっている。でも、そんなことは決して起こらないのだ。華蛇族の姫たる自分が、人間と連れだって歩くなど、ありえない。

ただ、今夜だけは例外だと、初音は思った。

ここには一族の者も乳母もいない。誰の目にも触れないから、ほんの少し、このおもしろい人間と話したとて許されるはず。

初音はにこっと笑った。

「そうね。行けたらいいわね」

少女のご機嫌が直ったと見て、久蔵は心の中でほっと安堵した。女子供の涙は見たくないものだ。

「さてと……そんじゃ、そろそろどうするか決めないとねぇ。といっても、俺はどこに行くべきか、わからないときてるし。……初音ちゃんは、どこに行くつもりだったんだい？」

「お花見の宴」

「宴？」

俄然、久蔵の目が輝きだした。

「宴をやってるのかい？　この近くで？」

「たぶんそう。一番見事な桜がある、お山の頂でやるって言っていたわ」

「合点承知！　ようし、初音ちゃん。俺がそこまで連れてってあげる。そのかわり、その場についたら、俺も宴に入れてくれるよう、お仲間に頼んじゃくれないかい？」

「いいけど……宴の場所、ここからわかるの？」

「まかしときなさい。宴と酒の気配には鼻が利くんだよ」

久蔵は初音の手をとり、桜の森を歩きだした。不思議なほど勘が冴えていた。こっちだ、こっちだと、酒が呼んでいる気がする。

うきうきと笑いをこぼす久蔵とは反対に、初音は不安だった。場所もわからないのに、どうしてこの男はこんなに自信満々に歩けるのだろう。もしかして、人というのは初音の勘違いで、久蔵もあやかしなのだろうか。

それにしてもと、初音は久蔵の手を見た。しっかりと、初音の手を握る男の手。大きくて、とても温かい。すっぽりと包みこまれ、守られているような気がする。

心地いいと、初音は思った。思えば、こんなふうに誰かと手をつなぐのは初めてだ。

「久蔵の手、大きいのね」

「ん？　そうかい？」

「ええ。父様の手より大きいと思うわ。といっても、私は父様と手をつないだことはないのだけれど」

「おとっつぁんと手をつないだことがないだって？」

目を丸くしてこちらを振り返る久蔵に、初音はうなずいた。内心、何をそんなに驚いているんだろうかと思った。そんなこと、そう珍しいことでもないだろうに。

と、何を勘違いしたのか、久蔵の顔が気の毒そうに歪(ゆが)んだ。

「そっか。……おとっつぁん、早くに亡くなっちまったんだね」

「いいえ。父様はお元気よ」

「へ？　じゃ、じゃあ、なんで初音ちゃんと手をつながないんだい？」

「さあ、どうしてかしら」

初音も初めてそのことを考えた。

「そうね。きっと、母様と仲が悪いから、わたくしとも仲良くしたくないんだと思うわ。母様も、父様と同じでしょうね。だから、わたくしと弟は乳母に育てられたの」

それがつらいと思ったことはない。華蛇族では、冷え切った夫婦は珍しくもないので、初音はそういうものだと思っていたのだ。

だが、これを聞いて、久蔵は頭をかきむしった。

「かあぁ。言っちゃ悪いけど、初音ちゃんとこのご両親はどうかしてるね。こんなかわいい娘、よく放っておけるよ。俺が初音ちゃんの父親だったら、毎日だっこして、そばから離さない。嫁にだって、絶対やるもんかね」

語気荒く言う男に、今度は初音が目を丸くした。

「怒って、いるの？」

「ああ、怒ってるよ。子供は粗末に扱われるもんじゃない。まったく、ひどい話だよ」

なんと熱い男だろうかと、初音は思った。一族の男達は、恋した相手をかきくどく時はそれはそれは熱心になるが、あとは非常に淡白で、気だるげに花や鳥を愛でるばかり。出会ったばかりの相手のために、こんなふうに怒れる男を、初音はこれまで知らなかった。

ずきっと、胸の奥で何かがうずいたのはこの時だった。

「っつ！」

胸を押さえる初音を、久蔵は大慌てで支えた。

「ど、どうしたんだい？」

「なんだかちょっと、胸が苦しくて……」

「なんだい？　じ、持病でもあるのかい？」

「いいえ。こんなの初めてよ。ただなんとなく……息苦しくて」

「なんか顔が赤いよ。熱でも出てきたんじゃないかい？　うーん。困ったねぇ。病に関しちゃ、俺はてんで素人だし……よ、よし！　とにかく宴に行こう。そこに行けば、医者もいるかもしれない」

そう言って、久蔵はひょいっと初音を抱き上げた。初音はぎょっとした。

「な、何を……」

「こら。病人が暴れるんじゃないよ。運んであげるだけだよ。初音ちゃんみたいな軽い子一人、遊び人の俺だって運べるさ」

初音を背にしょいなおし、久蔵は早足で歩きだした。一刻も早く、この娘を誰かに診せなくては。もう頭の中にはそれしかない様子だ。

最初は驚いていたものの、そのうち初音は久蔵の背中にそっともたれかかった。細く見えた久蔵だが、思いのほか、がっちりとしている。

誰かの背中というものは、こんなにも頼もしいものだったのか。

手のひらで包まれた時よりも、ずっと大きな温もりが初音の身に広がっていき、思わずため息が出た。

（父様のお背中も、このように温かいのかしら？）

思い描こうとしたが、できなかった。

初音の父と母は、それぞれ別の館に暮らしており、お互いのことを忌み嫌うあまり、子供達にもほとんどかまわない。だから初音は、母に頰ずりされたこともなければ、父に抱き上げられたこともない。ときたま顔を合わせることがあっても、「まだそのように幼い姿のままでおるのか。早う恋をしなさい」と、説教されるだけだ。

そして、そう言われるたびに、初音は身がすくんだ。

急がなければ。みっともない娘と、父と母に余計に嫌われてしまう前に、恋する相手を見つけなければ。

胸の悪くなるような焦りに、どれほど駆られたことだろう。

だが、ようやく出会えた理想の男は、初音のその心根を痛罵（つうば）した。あの時の言葉は、今でも胸に突き刺さっている。

「自分の理想に、誰かをはめこむなど、言語道断だよ。無礼にもほどがある。おまえはやたら恋だなんだとほざいていたね？　だけど、その実、少しも私のことを考えていないじゃないか。考えているのは自分のことばかり。その薄っぺらな恋心とやらには吐き気がする」

思い出すだけで、涙が浮かんでくる。だが、どうしてもわからない。いったい、自分の何がそんなに悪かったのか。こんなひどいことを、なぜ言われてしまったのか。

深いため息をつく初音に、久蔵が声をかけてきた。

「なんだい？　今度はため息なんかついたりして。またどっか苦しくなったのかい？」

「いえ、そうじゃないの……ただ、前にひどいことを言われたのを思い出してしまったの」

「初音ちゃんをいじめたやつがいたのかい？　ったく、とんでもないねぇ。俺がそこにいたら、そいつを叩きのめしてやったよ。……でも、どうしてそんなことになったんだい？」

「わたくし、あの……その人に恋ができるかなと、思ったの」

「恋ぃ？」

久蔵は素っ頓狂な声をあげた。

「恋って、その……ちょいと、初音ちゃんには早すぎやしないかい？」

そんなことはないと、初音は激しくかぶりを振った。

「その逆よ。遅すぎるの。わたくしの弟の東雲のほうが、先に恋をしたくらい。わたくし……肩身が狭いの。だって、わたくしの一族は恋をしてこそなんですもの」

「ん〜。なんか、よくわからないねぇ。なんか、初音ちゃんは根っこから間違ってる気がするなぁ。恋はしなけりゃならないもの、ってわけじゃないんだよ？」

「いいえ、しなければいけないの」

頑固に言い張る少女に、久蔵は頭を振りながら先をうながした。

「で？　その、恋できそうな男に、ひどいこと言われたって？」

「ええ」

初音は、あの男と自分とのやりとりを全て久蔵に話した。

最後に涙ぐみながら言った。

「でも、どうしてそんなことを言われたのか、わからないの。わたくし、ちゃんと申し込んだのに。久蔵にはわかる？　あの方がどうしてわたくしに怒ったのか、わかるなら、教えて」

「………」

「久蔵？」

久蔵は長いこと黙っていたが、やがて吐息混じりに口を開いた。

「ごめんよ、初音ちゃん。悪いけど、そりゃ俺でも怒りたくなるよ」

思いがけない言葉に、初音は久蔵の背中でぎゅっと身を硬くした。

「ど、どうして？」

「うん。そのわからないとこが、そもそも問題なんだ。初音ちゃんは恋がしたい。それはようくわかったよ。でも、それは初音ちゃんの都合だ。相手のこともちゃんと考えてやらないと、恋の花は咲かないもんだよ」

「だ、だから、わたくしはちゃんと……わたくしにふさわしい夫になれるよう、あの方にちゃんと色々と用意してさしあげると言ったのよ？」

「それもまたよくなかったねぇ。だってさ、それじゃ端から、初音ちゃんのほうが立場が上だってことじゃないか」

「………」

「男ってのは、意外とみみっちぃからねぇ。そうやって、餌で釣ろうとすると、よっぽど卑屈なやつじゃない限り、へそを曲げちまうもんだよ。それにさ、初音ちゃんはどうしてその男を選んだんだい？　よく知ってる相手なのかい？」

「いいえ。初めてお会いしたの。とても美しい方がいると、王蜜の君に教えてもらったから」

「……つまり、顔で選んだと？」

何がいけないのと問い返したが、久蔵はうめき声をあげるばかりで、それには答えてくれなかった。

「……なるほどね。それで、よっくわかったよ」

「何がわかったっていうの？」

「初音ちゃんがまだまだ幼いってことがさ。とてもじゃないけど、恋できるところまで心が育ってないよ」

初音はむっとした。なぜこんなこと、人間風情に言われなくてはいけないのだろう。自分は、恋の一族と呼ばれる華蛇族の姫なのに。

少々苛立ちながら、初音は尋ねた。

「そういう久蔵は恋はしているの？」

「してるよ。たくさん、たぁくさんしてる。俺は女の人が大好きだからね。どんな女もかわいいと思うし。……でもね、本気で添い遂げたい人には、まだ出会えずにいるんだよ」

それを聞いたとたん、初音は久蔵に同情した。いらいらしていたことも忘れて、心から言った。

「かわいそうに。久蔵の周りには、きれいな女の人がいないのね」

「なんだい、そりゃ？」

「だって、久蔵が添い遂げたいと思えるような、きれいな人がいないってことでしょ？」

「あのねぇ……」

久蔵は今度こそあきれた声をあげた。

「初音ちゃん、一つだけ言っておくけどね、恋をしたけりゃ、まず見てくれじゃなくて、その人の中身に興味を持つことだよ。どんな人なんだろう、何が好きなんだろう、自分とどこか似通ったところはあるかしら。そういうことを、まず知ろうとしてごらん。俺に言えるのはこれだけだ」

「それでは久蔵は……きれいな人じゃなくても、妻にしたいというの？」

「その人が、俺が惚れちまうような気持ちのいい心の持ち主ならね。ああ、醜女でもあばた顔でも、全然かまわないよ」

「……」

今度は初音が黙ってしまった。

衝撃だった。

醜い相手でも、喜んで妻にすると、この男は言う。人間とはなんと変わっているのだろう。それとも、これが華蛇族以外の種族の考え方なのだろうか？　美しければ美しいほど、価値がある。乳母にも周りの者達からも、そう言われ続けてきたのに。

自分の礎(いしずえ)となっていたものがゆらぐのを、初音は感じた。そして、思ったのだ。

もっと知りたい。この不思議な男のことを知りたい。でも、あまり根掘り葉掘り尋ねたら、いやがられるかもしれない。ただでさえ呆れられてしまっているというのに。それはいやだ。嫌われたくない。

尋ねるかわりに、初音はもう一度、久蔵の背中にもたれかかった。男の鼓動、息遣いが伝わってきて、また胸が苦しくなってきた。

そして……。

熱風のようにそれは起こった。

五

久蔵は驚いた。背中におぶった少女が静かになったかと思いきや、突然、はじけるように身を跳ねさせたのだ。

「うわっ！　ちょっ！」

たまらずに手を離してしまい、久蔵は青くなった。少女は地面に落ちたに違いない。

「ご、ごめんよ、初音ちゃん！」

慌てて振り返り、また驚いた。そこに少女の姿はなかったのだ。

見回すと、向こうの木立の陰に、するりと、萌黄色の着物の裾が呑まれていくのが見えた。その恐るべきすばやさに、久蔵は恐怖した。誰かが初音を久蔵の背中から引きはがし、さらっていったのではないか。そんな考えが瞬時に浮かんできて、ぞっとした。

だが、同時に怒りもわいた。自分の背中から女の子をさらうとは、いい度胸ではないか。

「なめんじゃないよ。こちとら足の速さには自信があるんだ」

がっと、裾をまくって、久蔵は走りだした。

ふたたび初音の着物が見えてきた。まるで薄緑色の鳥のように、久蔵の前を飛んでいく。追いかけているうちにわかった。あれは初音だ。初音が自分の足で走っているのだ。

「ちょっと！　初音ちゃん！　どうしちゃったんだよ！　お待ちよ！」

「来ないで！」

甲高く鋭い声に、一瞬、久蔵の足がすくんだ。その隙に、初音の姿は見えなくなってしまった。

「ったく、まいったねぇ。いったい、なんだっていうんだい」

事情はまったくわからないが、放っておくこともできず、久蔵はふたたび初音を捜し始めた。

「おおい！　初音ちゃん、どこだい？　どこにいるんだい？」

と、呼びかけに答えるかのように、水の音がした。

まるで吸い寄せられるように、久蔵は水の音を追っていき、小さな泉へと辿りついた。

久蔵は息を呑んだ。こんなに青く澄んだ水は見たことがない。しかも、夜空の星を映して、水面が光り輝いていて、思わず手のひらですくいあげたくなってしまうほどだ。

そして、その泉の前には、萌黄色の着物が脱ぎ捨てられていた。

「初音ちゃん！」

まさか裸でうろついているのかと、着物を拾いあげながら、久蔵は周りを見た。そして、静かだった泉の水面がさざ波を立てていることに気づいた。

波は見る間に大きくなっていき、やがて泉の中央がぐうっとせりあがった。

水柱から現れたのは、一人の乙女だった。歳は十七か十八。一糸まとわぬ姿は、神々しいほどに白くまぶしい。濡れた髪は艶やかに輝き、象牙色の体を絹布のようにおおっている。

最初は両腕で体を抱きしめるようにして顔を伏せていた乙女だったが、やがてこちらを向いた。その顔に、久蔵は胸を殴られたような気がした。

たぐいまれな美貌とは、まさにこのことを言うのだろう。清純で、それでいて艶めいていて。

まるで桜の精のようだと思ったところで、久蔵ははっとなった。初めて出会う相手のはずなのに、その乙女の顔には見覚えがあったのだ。

「初音、ちゃん……？」

一言、名を呼ぶのが精一杯だった。

雷に打たれたように、久蔵は立ちつくしたまま泉の乙女を見つめていた。

と、乙女の目がさっと潤むなり、真珠のような涙がこぼれだした。

「見ないで！」

激しく水しぶきをあげて、乙女は泉から飛び出し、久蔵の前から消えてしまった。

初音は泣きながら桜の森を駆けていった。涙が止まらなかった。

嫌われた。嫌われたくないと、思ったのに。

さきほど、久蔵の背の上で、初音はふいに異変を覚えたのだ。

体が燃えるように熱い。肌がはじけてしまいそうだ。

本能的に水を欲した。

水。水があるところに行かないと。

久蔵の背から飛び降り、あとは水の気配を追って無我夢中で走った。幸いにして、泉が見つかったので、すぐさま着物を脱いで、飛び込んだ。

冷たい水の中で、古い障子紙のように肌がはがれ、その下に押しこめられていた新しい体が、のびのびと解き放たれるのを感じた。

ああ、なんて気持ちいい。

ほてりもおさまり、初音は瑞々しい気持ちで泉からあがることにした。

だが、水面に出てみると、久蔵がそこにいた。泉のほとりで、絶句し、こぼれんばかりに目を見開いて、初音を見ていたのだ。

人は、あやかしを恐怖する。

誰かから教わった言葉が、頭に響いた。

怖がられた。嫌われた。

身を引き裂かれるような恥ずかしさと悲しみに、「見ないで！」と叫ぶしかなかった。逃げるしかなかった。男の驚いた顔、まなざしに、耐えられなかったのだ。

「うっ！」

ふいに、額に激痛が走った。くぐったはずの桜の太い枝に、頭をぶつけてしまったのだ。

自分の体が大きくなっていることを、やっと自覚した。見下ろしてみれば、まろやかな二つのふくらみが見え、足もすんなりと長く伸びている。

華蛇は恋をして初めて、大人の姿となる。それが初音の種族の理だ。

「わたくしは……久蔵に、恋をしたというの？」

またしてもどっと涙があふれてきた。

あれほど望んだ大人の姿。やっとそれを手に入れたというのに。肝心の久蔵がそばにいない。これからも寄り添うことはできないだろう。自分はあやかし。人はあやかしを嫌うものなのだから。

そう思うと、悲しくて、身が砕けてしまいそうだった。

その場にしゃがみこみ、初音は泣いた。この世の全てがこの涙に溶けてしまえばいい。

自暴自棄となって、涙を流し続けた。

それからどれほど経っただろうか。突然、得もいわれぬ薫香が大気に広がり、続いて甘い声が降ってきた。

「おお、これはこれは。森の妖気が微妙に乱れたので、気になって出向いてみれば。ここにおったのかえ、初音姫」

顔をあげると、そこには苛烈なほどに美しい少女がいた。純白の髪をなびかせ、深紅の地に黄金と翡翠色の蝶の縫いとりのしてある打ち掛けをまとっている。猫めいた目は金色に輝き、唇は紅玉のように紅い。十歳そこそこの年頃にしか見えないが、そこにいるだけで圧倒される美と迫力を放っている。

桜の森の創り手にして妖猫族の姫、王蜜の君は初音を見て笑った。

「ついに大人の姿になったのじゃな。うむ。なんとも麗しいのぅ。だが、その姿のままでは、さすがに悩ましすぎよう。殿方が見たら、理性も何も吹き飛んでしまうぞえ」

王蜜の君が指を鳴らすと、舞い落ちる桜の花びらが集まり、薄紅色の衣となった。それを初音にまとわせたあと、王蜜の君は目を輝かせながら尋ねてきた。

「それで、相手はどこの誰なのじゃ？　わらわにも会わせておくれ。難攻不落の華蛇の姫が恋に落ちたのは、どのような男子なのじゃ？」

「う……」

「う？」

「う、うわあああああん！」

初音は涙を飛び散らしながら、王蜜の君に抱きついた。

わんわんと泣く初音を、王蜜の君は最初は黙って撫でていた。それから少しずつ事情を聞き出し、最後には舌打ちをした。

「今宵招いた人間は、子預かり屋の弥助のみ。さては、あやかしどもめ。面倒くさがって、門を閉じなかったのじゃな。まったく不用心な。……して、そなたはどうしたいのじゃ？」

「どう、したい？」

「そうじゃ」

ぐいっと、王蜜の君は初音をのぞきこんだ。黄金の瞳が怖いくらいきらめき始めていた。

「これからどうしたい？　全てはそこよ。この前の白嵐の時のように、気のすむまで泣いてから、別の相手を見つけにかかるか。それとも、初めて恋した男に執着してみるか。

「……そなた、このままその男をあきらめて、いいのかえ？」

初音は反射的にかぶりを振っていた。

いやだ。それはいやだ。久蔵は初音に恋してはくれないかもしれない。だが、このまま終わってしまったら、久蔵の中で、初音との思い出は、「化け物と出会った」という恐怖にぬりつぶされてしまうだろう。恐れられたままでいるのはいやだ。

「い、いや……このまま終わってしまうのは、いやよ」

「怖くはないのかえ？　そやつは人間。もしやすると、そなたにひどいことを言うやもしれぬ。あるいは、悲鳴をあげて逃げていくやもしれぬぞえ」

「怖いわ」

目を潤ませながら、初音はうなずいた。

「と、とても怖い。で、でも……やっぱり、このままではいやなの」

そうかと、王蜜の君が微笑んだ。きつかったまなざしが嘘のように和らいだ。

「まこと、大人になったのじゃなぁ、初音姫。たった一夜にして、体だけでなく、心も大きゅうなったものじゃ」

「……王蜜の君？」

「びいびい泣きごとを言うだけなら、手は出さぬと決めておったが……そなたの決心を聞いて、わらわも力を貸してやりたくなったぞえ。あとの段取りは、わらわがとりしきってやろう。まあまあ、まかせておくがよい」

「でも……人の心は無理にねじまげられるものではないわ。それは王蜜の君もよくご存じのはずよ」

「むろん、知っておる。わらわはただ、そなたとその男がふたたび会えるよう、舞台を整えてやると言うておるだけじゃ。その舞台の上で、どのような舞を舞うかは、そなた次第よ」

そう言いながら、王蜜の君は初音の涙をそっとぬぐってやったのだ。

六

久蔵が病で寝込んでいる。

そう聞いて、弥助はぽかんと口を開けてしまった。天地がひっくり返る前触れかと、一瞬本気で思った。

「寝込んでる？　あいつが？……あんなのにとっつくなんて、根性のある風邪があったもんだね」

「弥助。そんなこと言うもんじゃないよ。……まあ、確かに私もそう思いはしたがね」

「だろ？　だって、思い浮かばないよ！　あいつがせきしてたり、熱出してる姿なんか！……風邪じゃなくて、また二日酔いでぶっ倒れてんじゃないの？」

「いや、具合が悪いのは確からしいよ。昨日から何も食べていないそうだ」

「ふうん。……そういや、あの夜、様子が変だった。あの時、風邪をひきこんだのかな？」

弥助の言うあの夜とは、花見のあった夜のことだ。

「ほんと、きれいだったよなぁ」

思い出し、弥助はつぶやいた。

弥助と千弥が連れていかれた山頂には、目を見張るような大木の桜が一本だけ、根をおろしていた。樹齢千年を超えるような大樹で、山の上をおおいつくすように、枝を広げている。その枝の隅々にいたるまで、みっしりと真珠色の花がついていた。

まるで虹のような光を放つ花の一つ一つに、弥助は心打たれた。最初のうちは声も出せず、ただ黙って見とれるしかなかったほどだ。

その見事な桜の下には、一面に赤い敷物が敷かれ、妖怪達がすでに腰をおろし、おのおのが持ってきた重箱を広げているところだった。

「おおっ！　主役がやってまいったか！」

「これへ。さあ、弥助殿。これへ」

「まずは我の天ぷらを食べてくだされ」

「いや、わしのかまぼこが先じゃ！」

「甘い卵焼きもござるでな」

「口直しには、さっぱりと梅干しはいかがじゃえ？」

妖怪達はさあ食べろ、さあ食べろと、次々と弥助にごちそうをすすめてきた。そのどれもがおいしくて、弥助は本当に幸せを感じた。自分が作ったいなり寿司が、あっという間になくなってしまったのも嬉しかった。

そうして、たらふく食べ、美しい桜を堪能していた時だ。

ふいに、その場の空気が変わり、やんややんやと騒いでいた妖怪達がぴたりと口を閉じた。何事かと、弥助が思った時、目の前にふわりと、一人の少女が舞い降りてきた。

王蜜の君だ。以前にまみえたことはあるが、夜桜の下で見る妖猫の姫の美しさは空恐ろしいほどで、弥助はまばたきすることもできず、ただただ固まっていた。

と、王蜜の君はにこりと笑いかけてきた。艶やかな朱唇(しゅしん)がこぼれる花弁のように開く。

「宴を邪魔してすまぬな、弥助。じゃが、ちと聞きたいことがあっての。もしや、この男、そなたらの知り合いではないかえ？」

猫の姫が指を鳴らすなり、弥助の前に男が一人、転がっていた。

「きゅ、久蔵！」

「やはり知り合いかえ？」

「う、うん。……こ、こいつ、ななななんで、ここに？」

驚きのあまり、舌がからまってしまった。そんな弥助の前で、久蔵はぐっすり眠り込み、ぴくりとも動かない。

「こいつ……ほんと図太いな！」

久蔵を蹴り飛ばそうとする弥助を、王蜜の君が止めた。

「ああ、いや。目を覚まさぬのは、わらわが術をかけておるからじゃ。そうでなければ、この男、いまだに森の中を走り回っていたに違いない」

「森を、走る？」

「うむ。まったく、足がすりきれるほどの勢いであったよ。これは、ふふふ、なかなか見こみがあると見た」

なにやら嬉しげな王蜜の君に、千弥が渋い顔になった。

「また何か企んでいるんだね？」

「そういうことじゃ。じゃが、今回はそなたらには関わりのないことよ。何をするかは言わぬ」

「こちらも聞く気はないがね。一応、この久蔵さんは私の知り合いだ。無下に扱わないでおくれ」

いや、ぜひとも無下に扱ってほしいと、弥助は思った。

「ったく。なんでこんなところまで……ほんと、どこでも顔出すよな、久蔵は！」

「おおかた、私達を見かけて、あとをつけてきたんだろう。久蔵さんらしいじゃないか」

「そして、この男はそなたらを追って、この桜の森に入りこんだ。きちんと門が閉められていなかったせいであろうの」

ちろりと王蜜の君に睨まれ、周りの妖怪達はいっせいに首をすくめた。

「とにかく、この男はそなたらに預ける。このままここに転がしておいて、帰る時に、一緒に連れていっておくれ。よいかえ、白嵐？」

「しかたないね。わかったよ」

「頼む。では、邪魔したの、弥助」

甘い香りと久蔵を残し、猫の姫は姿を消した。

ほっと、弥助と妖怪一同は肩の力を抜いた。

「いやもう、あいかわらずの美しさ、それに妖気の強さであられることよ」

「あの方の前では、この夜桜もかすんでしまうのぅ」

「うむ。気が張りつめて、酔いが醒めてしもうたわい。飲みなおそ飲みなおそ」

「おお、我にもおくれ」

「わしもじゃ」

ふたたび、宴はにぎやかさを取り戻していった。そんな騒ぎの中でも久蔵は目を覚まさず、そのまま化けふくろうに運ばれ、弥助達と共に鬼呼び橋へと戻ったのだ。

「そんじゃ、あたしらはこれで」

「うん。今夜はありがとう、雪福。ほんとに、すっごく楽しかった！」

「ほほ。そう言ってもらえて、なによりですよ」

雪福達が去ったあと、弥助と千弥は改めて地面に寝かされた久蔵を見下ろした。

「こいつ……俺達で運ばなきゃだめなのかな？」

「いや、いたずら猫の術もそろそろ解ける頃だと思うがね」

千弥がそう言った時だ。

なんの前触れもなく久蔵が跳ね起きた。そのまま、がばっと、弥助を抱きしめたのだ。

「泣くな。泣かないでおくれ！」

「ぐえええええっ！　はな、離せ、この野郎！」

「ん？　げっ！　たぬ助じゃないか！」

とたん、突き放され、本気で殴ってやろうかと、弥助は思った。

「このぅ！　何寝ぼけてんだよ！」

「寝ぼけてなんか……って、ここ、どこだい？」

「鬼呼び橋ですよ。こんなところで寝入るなんて、感心しませんねぇ。妖怪に魂をとられても知りませんよ」

涼しげに言う千弥を、久蔵は茫然とした顔で見上げた。

「俺、なんで鬼呼び……ああ、千さん達をつけてって……そしたら、桜が……」

「桜？　夢でも見たんでしょう。桜なんかとっくに散って、もうすぐ紫陽花の時期なんだから。ほらほら、どうせ同じ帰り道だ。帰りますよ、久蔵さん。ほら、弥助も。いつまでも仏頂面してるんじゃないよ」

「だって、久蔵のやつ、思いっきり抱きついてきたんだよ！　うう、気持ち悪！」

「なんなら、私が抱きしめなおしてあげようか？」

「……気持ちだけ受けとっとくよ」

そうして、三人は真っ暗な道を一緒に帰ることになったのだ。

道中、久蔵はほとんど口をきかず、むっつりと黙ったままだった。珍しいこともあるものだと、弥助は思った。舌が三枚あるんじゃないかと思うくらい、べらべらとよくしゃべる男なのに。

今思い出しても変だったと、弥助は千弥に言った。

「あいつ全然しゃべらなかったし……なんとなくだけど、苦しそうな顔してたんだ。……お見舞い、行ったほうがいい？」

「いや、今日はやめとこう」

口元に不思議な笑みをたたえながら、千弥はかぶりを振った。

「今日は特別な客が、久蔵さんのところに行くはずだから」

「なにそれ？」

「久蔵さんにも、ついに年貢の納め時が来るかもしれないってことさ」

意味がわからないという顔をしている弥助の頭を、千弥はただ黙って撫でるだけだった。


久蔵はぼんやりと布団の中にいた。久しぶりの我が家、久しぶりの自室の布団だ。帰ってきたどら息子に、両親はがみがみ言ってきたが、久蔵の調子がおもわしくないとわかるなり、ころりと態度を変え、いたれりつくせりの看病をしてくれている。我が親ながら甘いと、久蔵は思った。

いつもなら小遣いをせしめて、また外に遊びに行ってしまうところだが、今回はどうもそんな気になれなかった。体がだるく、とにかく動きたくない。

では、頭もぼうっとするかというと、そうではない。世にも美しい濡れ髪の乙女の姿が、何をしていてもよみがえってきて、ひどく心が落ち着かないのだ。

「なんで……泣いちまったんだろうねぇ」

久蔵を見た瞬間に、すがるようなまなざしとなり、それがまたたく間に深い絶望に染まっていった。理由はさっぱり思い当たらないが、あの娘は久蔵を見て泣いたのだ。それがどうにもしこりとなっていた。

あれは幻だった。不思議な夜桜の森で、小さな少女に出会い、その子が突然大人になったなんて、夢だったにちがいない。

そう言い聞かせても、だめだった。

「ったく。しょうがないね。夢で女の子を泣かせちまって、そのことをぐだぐだ悩んでいるなんて」

ぱっと気晴らしにでも出かければいいのだろうが、そういう気力もわいてこないのだ。

ふうっと、布団の中で何百回目か知れないため息をついた時だ。父親の辰衛門(たつえもん)が部屋に入ってきた。

「久蔵。ちょっと起きられるかね？」

「なんです、おとっつぁん？」

「うん。これからね、おまえの許婚(いいなずけ)が来るから」

「はいぃぃぃ？」

跳ね起きる息子に、辰衛門はあきれた顔をした。

「なんだね、そんな素っ頓狂な声を出して。おまえが寝ついてるって聞いて、わざわざお見舞いに来てくれるそうだよ。いくら未来の嫁御とはいえ、寝間着姿じゃ、あまりにしまりがない。ちゃんと着替えといておくれよ」

「ちょっ！　お、お、おとっつぁん！　俺に、許婚って……そんな、そんなの、初耳なんだけど」

「いやだねぇ。何度も話したじゃないか。おまえ、ほんとに人の話を聞いてないんだね。おっと、こうしちゃいられない。あたしも着替えなくちゃ」

ぱたぱたと、父親はせわしなく部屋を去っていった。

残された久蔵は、しばらくの間動けなかった。それほど受けた衝撃は大きかった。

許婚。この自分に？　そんなの、聞いたことがない。いつ決まった？　誰が決めた？

頭の奥ががんがんして、まるで考えがまとまらない。

だが、ようやく我に返るなり、久蔵は一気に青ざめた。

「こ、こ、こうしちゃいられないよ！」

本気で逃げようと、布団から起き上がった時だ。「失礼します」と、きれいな声がして、障子がすうっと開かれた。

ふんわりとした甘い香りと共に入ってきたのは、若い娘だった。

とっさに久蔵は顔を背けた。この娘がきっと許婚だ。目と目があったら、もう逃げられない気がする。

すばやくうつむいたつもりだったが、娘の着物が目の端に入った。

朱鷺(とき)色の着物。まるで夜明けの空のような色合いだ。そこに、かわいらしい千鳥の柄が散っている。

どくん。

久蔵の胸が大きく鳴った。

これは、夢の中で久蔵が思い描いた着物だ。あのいたいけな迷子に、しきりに恋をしたがっていた幼い娘に、着せてあげたいと思った着物、そのものではないか。

だが、まさか。

激しく高鳴りだす胸を必死で押さえながら、久蔵は思い切って顔をあげた。

目の前にいたのは、匂い立つようなきれいな娘だった。ただきれいなだけではない。咲きほころんだばかりの白睡蓮(しろすいれん)のような、清々しい無垢さがある。いまどきの娘らしい、華やいだ髷(まげ)を結い、挿している花かんざしもかわいらしい。

ぽかんとしている久蔵に、娘ははにかみながら言った。

「王蜜の君がはからってくれたの。あの、あなたに許婚がいるって、みんなに術をかけてくれて。でも、これは本当じゃないの。もし、あなたがいやなら、すぐに術を解いてもらうから」

久蔵はしばらく言葉が出なかった。口の中はからからで、声は喉の奥へひっこんでしまう。「……どうして？」と、一言言うのが、やっとだった。

「あの……あのまま別れてしまうのはいやだったの。久蔵はわたくしのこと、怖いでしょうけど……」

苦しげにいったん娘は息を吸った。

「た、確かに、わたくしは人ではないわ。でも、久蔵のことをもっと知りたいと、そう思ってしまったの。もっともっと。そして……できれば、久蔵にもわたくしのことを知ってほしい。だめ、かしら？」

顔を赤くしながらも、なんとか言いたいことを言いきった娘。その勇気に、こちらも応えねばなるまい。

大きく息を吸ってから、久蔵は口を開いた。

「あのさ……正直に言わせてもらうよ。おまえさんに恋できるか、まだわからない」

「……」

花がしおれるように、娘はうなだれた。それを見るだけで心が痛み、久蔵は急いで言葉を続けた。

「ただね……おまえさんと会ってから、ずっと思っていることがあるんだ。それはね、おまえさんをもっともっと笑わせたいってことだ」

「えっ？」

「おまえさんの笑顔が好きだよ。だから、いっぱい笑わせたい。笑ってもらいたいんだよ」

だからと、久蔵は大きく笑った。

「お互いのことを知っていこうじゃないか。俺もね、おまえさんのことを知りたいって、心から思っていたところだよ。手始めに、近くの茶屋でも行こうか。そこはうまい汁粉を出すんだよ。ぜひとも食べなきゃ損ってものさ。俺のお気に入りなんだよ」

「久蔵はたくさんお気に入りがありそうね」

「あるともさ。いっぱいいっぱいある。そいつを一つずつ、見せてってあげるよ」

行こうと、久蔵は手を差し伸べた。

娘は微笑みながら、その手をとった。

真夏の夜に子妖(こよう)集う

一

妖怪奉行所を取り仕切る御奉行、月夜公。その甥である津弓は、むくれていた。

「叔父上ったらひどい。津弓、もう元気になったのに」

丸い体をぎゅっと丸め、ふくふくの頬をぷうっとふくらませ、津弓はすねにすねていた。

もう三月以上、屋敷はおろか、自室の外にも出してもらえないでいるからだ。

自分の部屋にいる限り、不自由はない。甘いものを食べたいだけ食べられたし、頼めばどんなおもちゃも運ばれてくる。だが、津弓が一番ほしいもの、外に遊びに行くお許しだけは、与えられないのだ。

「これじゃ、牢に閉じ込められているのと同じです」

何度となく訴えたのだが、叔父の月夜公はがんとして首を縦に振らない。きれいで、強くて、優しい叔父だが、津弓の身を守るためなら、どんな修羅よりも容赦がなくなるのだ。

「ならぬ」の一言で撥ねつける叔父を、津弓は恨めしく思った。

確かに、津弓は大きな重荷をその身に宿している。だが、叔父が日に一度、術をほどこしてくれれば、ごく普通の子妖怪として、飛んだり跳ねたり駆けまわったり、思いのままに遊ぶことができるのだ。

にもかかわらず、こんなふうに閉じ込めるとは。

(……やっぱり、叔父上、まだ怒っていらっしゃるんだ)

この春、津弓は言いつけを破って、一人で屋敷を抜け出し、そのせいで危うく死にかけた。そのことが月夜公を大いに恐れさせ、また大いに怒らせたのだ。

叔父は「もう怒っているわけではない」と言うし、あれ以来、毎日続いた説教も、最近はしなくなった。だが、部屋の封印だけはいまだに解こうとしないのだ。

津弓はそれがいやでたまらなかった。悪いことをしたというのは十分にわかっている。猛烈に反省もしている。それでも許してもらえないとなると、もうどうしたらいいかわからなかった。

「津弓、このままずっと外に出られないのかしら」

じわっと涙がわいてきて、津弓は布団に顔を押しつけた。

この時、すっとふすまが開き、月夜公が部屋に入ってきた。

顔も体も丸っこく、愛嬌(あいきょう)のある津弓と違い、月夜公は三日月のごとく鋭い美貌の持ち主だ。全てが凍てつくほどに整っており、それゆえに近づきがたい。半割の赤い仮面をつけ、すらりとした長身を漆黒(しっこく)の狩衣(かりぎぬ)で包み、三本の狐のような尾を優雅にひいたその姿は、あまりにも毅然(きぜん)として麗(うるわ)しく、いかなる時も乱れることはないかと思わせる。

が、つっぷしている甥を見るなり、月夜公の顔はたちどころに一変した。

「ど、どうしたのじゃ、津弓！　どこぞ具合でも悪いのかえ？」

違うと、顔を伏せたまま、津弓はかぶりを振った。

「では、なんじゃというのだえ？」

「……お外」

「ん？」

「お外、出たいのです、叔父上」

「またそれかえ？」

「だって……もう夏になってしまったのに。津弓、このまま水遊びもできないのですか？」

「水遊びくらい、できなくともよいではないか。それに、風呂なれば毎日入っておろう。それも水遊びに入るのではないかえ？」

「……もういいです」

布団をひっかぶってしまった甥に、月夜公は内心うろたえていた。津弓が限界にきていることはわかっていた。そろそろ自由の身にしてやらなければ、心を病んでしまうだろう。

だが、屋敷の外に出すのは、まだまだ不安だった。

この春、津弓にほどこした術が破れ、そのせいでどれほど甥が衰弱したことか。あの時に味わった〝失うかもしれない〟という恐怖を、月夜公は忘れてはいなかった。

あんな思いは、二度としたくない。常に自分の目の届く場所、安全だとわかっている場所に、津弓をいさせたい。自分の姉の忘れ形見であり、たった一人の甥を必死で守ろうとして何が悪いというのだ。

だが、月夜公の気持ちを、津弓はひどいと嘆く。うるうると目を潤ませる甥を見ているのもつらかった。

（どうしたものか……）

津弓をこのままこの部屋にいさせ、なおかつ機嫌をよくさせる方法。それを考えるうちに、ふと、ある者の顔が浮かんできた。

とたん、思わず顔をしかめてしまった。

あんな者に頼るなど、誇りが許さない。

だが……。

（背に腹はかえられぬ、か……）

すすり泣きが聞こえてくる布団を見下ろしながら、珍しくもため息をついた月夜公であった。


その夜、突然やってきた月夜公に、のぎゃっと、弥助は悲鳴をあげた。月夜公は、はなから苦虫を千匹も噛みつぶしたような顔をしていたのだ。全身から不機嫌の気を立ち昇らせている様子はそれはそれは恐ろしく、弥助はとても正視できなかった。

だが、不機嫌では千弥も負けていなかった。かわいい弥助を怖がらせたということで、眉間(みけん)に深いしわを刻みこみ、月夜公に「帰れ」と言い放ったのである。これには月夜公も目を剝(む)いた。

「まだ用件も言うとらんわ！　なのに帰れとは、何事じゃ！　無礼な！」

「弥助が怖がっている。その顔を改めるまでは当分、出入り禁止にさせてもらう」

「ふん。吾(われ)の美貌におののいているだけであろうよ。そうであろう、小僧？」

すさまじい目で睨(にら)まれ、弥助は情けないことだが、べそをかきそうになった。

怖い。今夜の月夜公は壮絶に怖い。鬼気迫るものがある。いったい、何があったというのか。

恐る恐る弥助が尋ねると、月夜公は顔を背けた。そして、ぶっきらぼうに言った。

「津弓が泣いておる」

「津弓が？　そういや、しばらく会ってないけど、元気にしてるの？」

「元気であれば、泣いてなんぞおらぬであろうが、たわけ」

「口に気をつけるんだね。弥助のことを悪く言うのはいっさい許さないよ」

氷のような千弥の声に、いちいち茶々を入れるなと、月夜公は言い返した。

「これではいっこうに話が進まぬではないか。ええい！　とにかく、津弓は体のほうはもうよいが、ずっと気落ちしたままなのじゃ。外に出たいと、嘆いて嘆いて……あの涙にはほとほとまいっておるのじゃ」

頭痛をおさえるかのように、白い額を指でもむ月夜公。その秀麗な横顔を、弥助はまじまじと見た。

「もしかして……全然外に出してやってないの？　あれからずっと？　元気になったのに？」

「悪いかえ？」

悪びれることもなく、月夜公は弥助を見返した。

「津弓はあれほどの目におうたのじゃ。その身を大事にするのは当たり前であろう。もしものことがあってはならぬゆえ、すぐに吾が駆けつけられる場所に留め置いておる。守りたいと思えばこその処置じゃ」

「うーん。私もその気持ちはわからぬでもないね」

賛同したのは、むろん千弥だ。

「私も、弥助のことが心配だからね。できれば、箱の中にでも閉じ込めて、誰にも見つからない場所に隠しておきたいよ。そうすれば、安心だもの」

「そうじゃ！　まさしくそのとおりなのじゃ！　うぬも少しは話がわかるではないか！」

「ちょ、ちょっと待ってよ！　そりゃないって！」

盛り上がる大人達に、弥助は大いに慌てた。この流れでは、下手をすれば、自分まで閉じ込められそうだ。

「い、いくら心配だからって、ずっと閉じ込めっぱなしはかわいそうだよ！」

「むぅ……あくまでかわいそうと言うのかえ？」

「うん。つらいから津弓だって泣いてるわけだろ？　外に出してやんなよ。……まさか、このまま一生閉じ込めとく気なのかい？」

「そのようなことは……少ししか考えておらんわえ！」

「少しでも考えちゃだめなんだって！」

過保護な叔父を持つと大変だと、弥助は津弓を気の毒に思った。

（あいつにゃ世話になったしな。なんとか助けてやらないと）

人形師の一件で弥助が助かったのも、津弓のおかげと言っていい。ここはひと肌脱がなくてはと、月夜公の説得にかかった。

「津弓だって男の子だしさ、外で遊びたがるのは当たり前だって。もう術もかけて、元気になったわけだろ？　出してやりなよ」

「……」

「あんまりぐずぐずしてると、津弓、あんたのこと嫌いになるかもよ」

試しに言ってみた脅し文句は、すさまじい効力を発揮した。月夜公は見るも無残な表情になったのだ。

「嫌いに？　つ、津弓が吾をかえ？」

「う、うん。そういうことも、まあ、あるかもしれないってことでさ」

「……」

「とにかく、手遅れになる前に、津弓の望みを叶えてあげたほうがいいって」

わかったと、とうとう月夜公はうなずいた。弥助はほっとした。

「それじゃ出してやるんだね？」

「いや、まだ当分は出さぬ」

「なっ！　い、今、わかったって言ったばっかりじゃないか！」

「勘違いをするでないぞえ、弥助」

してやったりと言わんばかりの、意地の悪い笑みを月夜公は浮かべた。

「津弓の望みは二つあるのじゃ。一つは外に出ること。これはむろん却下じゃ。まだまだ吾がよいと思えるまでは、断じて出さぬ。ゆえに、もう一つの望みのほうを叶えてやろうと思う。これもまあ、気に食わぬものではあるが、外に出すよりは安全じゃからな」

そう言って、月夜公はぐいっと弥助の襟首をつかんだのだ。

二

「津弓。起きておるかえ？」

叔父の声に、津弓は布団の中でぎゅうっと身を丸めた。

もう絶対返事なんかしないし、顔だって出さない。

津弓は意地になっていた。

それを知ってか知らずか、月夜公はいっそう甘い声で言ってきた。

「そうふてくされるでない。土産を持ってまいったぞ。そなたがほしがっていたものじゃ。出てまいれ、津弓よ」

土産と聞いて、津弓は心動かされた。そこで、ぴょこっと、亀のように頭だけ布団から出した。

「お土産、ですか、叔父上？」

「そうじゃ。それ、これじゃ」

にっこりと甥に笑いかけながら、月夜公は大きな袋を津弓の前に置いた。

うながされるままに、津弓は袋の口を開けた。とたん、津弓の目はこぼれんばかりに見開かれた。

「弥助！」

袋の中には、弥助がいた。目を閉じ、なにやらぐんにゃりとしている。

「お、叔父上、これ……」

「前からしきりに弥助と遊びたいと申しておったであろう？　だから、連れてきてやったのじゃ。どうじゃ？　これで一つ、手を打たぬかえ？」

「手を、打つ？」

「うむ。外に出ることは許さぬが、弥助と共に遊ぶことは許してやろう。じゃからな、うむ、そろそろふてくされたり、すねたりするのはやめてほしいのじゃ」

頼むと言わんばかりに、月夜公は津弓を見る。

津弓は少しの間ぽかんとしていた。

ずっとずっと、叔父は自分のことを怒っているのだと思っていた。元気になった津弓をなお閉じ込めるのは、まだ許していないということであり、津弓に対する罰なのだ。そう思うたびに悲しかった。

だが、そうではなかった。叔父は津弓のことをちゃんと考えていてくれたのだ。こうして弥助を連れてきてくれたことが、なによりもの証拠ではないか。

ぱっと、津弓は笑顔になった。

「ありがとう、叔父上！　はい！　もうふてくされたりしません！」

「そうか。よかった」

月夜公もほっとしたように頬をゆるませた。

「では、好きなように弥助と遊ぶがよい。吾はしばらく留守にせねばならぬが、そうじゃな、屋敷の中であれば好きなように遊んでよいぞえ」

「部屋の結界を解いてくださるのですか？」

「うむ。あくまで屋敷の中だけじゃ。よいな。それと、何かあったら、すぐに吾を呼べ。屋敷の中にいる限り、そなたの声は吾に届くからの」

「はい、叔父上」

弥助が来てくれた上に、部屋の結界まで解いてもらえるとは。

にこにこする津弓に笑いかけたあと、「行ってくる」と、月夜公は出ていった。

津弓はすぐさま袋の中の弥助に飛びついた。

「弥助！　久しぶり！　遊ぼう！　ねえ、弥助ってば！」

だが、弥助は目を開かない。眠っているのかと、津弓は弥助をぐらぐらとゆさぶった。するとだ。

「おいおい！　やめてくれよ！」

弥助のものではない、甲高い声があがった。

「えっ？」

目を見張る津弓の前で、弥助の懐（ふところ）がもぞもぞっと動き、手のひらに乗るような、小さな子妖怪が出てきた。

茶色の腹がけをつけた、青梅色の肌の子妖怪だった。丸い頭の上でちょこっと髷（まげ）を結い、くりっとしたはしっこそうな目をしている。

「ふぇえ、ひでぇ目にあった。まさか月夜公の屋敷に連れ込まれちまうなんて、思わなかった。とばっちりもいいとこだよ、まったく」

「だ、誰？」

「ん？」

子妖怪は津弓を見上げてきた。小さいくせに、生意気そうな目つきだ。

「おいら、梅妖怪の梅吉（うめきち）。そっちは津弓だろ？　月夜公の甥っ子の。弥助から話は聞いてるよ。鬼の月夜公が甥っ子にだけは甘いって、ほんとだったんだな」

からかうように言われ、津弓はむっとした。

梅吉。名前は知っている。弥助が妖怪の子預かり屋になった時、最初に預けられた子妖怪で、その縁もあって、弥助とやたら仲良くしているという。弥助から、特別におもちゃをもらったこともあるらしい。

その話を聞いた時から、津弓は梅吉のことが気に入らなかった。

だが、今はっきりわかった。

この子は嫌いだ。

津弓はつっけんどんに言った。

「なんで弥助と一緒に来たの?」

「好きで一緒に来たわけじゃないって。もともと、おいら、弥助んとこにいたんだ。ここんとこ、おばあが忙しくて、しょっちゅう預かってもらっててさ。そしたら、月夜公がいきなり来たもんだから、おいら、とっさに弥助の懐ん中、隠れたんだよ」

月夜公は怖いからなぁと言われ、津弓は憤慨した。

「何言うの! 叔父上は優しいよ!」

「そう言えるのは、津弓くらいなもんだって。ま、とにかく、月夜公が帰るまで、隠れてるつもりだったんだ。まさか月夜公が弥助をひっつかんで、ここに連れてくるなんて、思いもしなかったんだよ。ほんと、間が悪いったらないよ」

梅吉はいかにも悔しげだが、それを聞いた津弓はもっと悔しくなった。その口ぶりから察するに、梅吉はよく弥助と会っているらしい。仲のよいところを見せつけられているようで、腹が立つ。

早く追い払って、弥助を一人占めしなくては。

津弓は言った。

「今日は弥助は津弓と遊ぶんだから。梅吉は帰って」

「それ無理」

「なんで！　い、言っとくけど、弥助は梅吉のものじゃないんだから！　お、叔父上が津弓と遊ぶようにって、連れてきてくれたんだから！　梅吉は招いてないんだから、帰って！」

おあいにくさまと、梅吉は舌を出した。

「おいらのほうが先客だもんね。そっちこそ遠慮しなよ。月夜公が無理やり割り込んでこなきゃ、今頃、おいら達、すいか食ってたはずなんだ」

「弥助と、すいかを？」

「うん。でっかくて、うんと冷やしてあるやつ。うまそうだったんだよなぁ。ああ、もったいない。ほんと、弥助も食うのを楽しみにしてたのになぁ。誰かさんのせいで、さんざんだよなぁ」

津弓は涙目になってしまった。梅吉の言うことはいちいち癪に障る。けれど、なかなか小気味よく言い負かす言葉が浮かんでこない。

津弓は弥助に助けを求めた。

「弥助。ねえ、弥助、起きて。梅吉に言ってやってよ。帰れって言って」

だが、いくら声をかけても、ゆすっても、弥助はぴくりともせず、目も開けてくれない。

と、ぴょんと、梅吉が弥助の肩に乗った。

「うーん。こりゃだめだ。完全に気を失ってら。月夜公ったら、思いっきり乱暴に運んだりするからなぁ。弥助が人間だってこと、もうちょっと考えてやればいいのに」

「お、叔父上は優しいもん！　悪口は許さない！」

「ああ、はいはい。けど、どうするかなぁ。弥助が起きなきゃ、おいらもつまんないし。こんなおぼっちゃんといたって、楽しくないし」

ちろっと横目で見られ、津弓は憤然とした。

「梅吉、いじわるなやつ！　きらい！」

「おいらも津弓は好かない。なんだよ。月夜公を引っ張り出して、弥助をさらわせるなんて、卑怯(ひきょう)じゃないか」

子妖怪達は互いに目を光らせ、睨みあった。

「じゃあさ、勝負するかい？」

「勝負？」

「そ。おいらと津弓、どっちが弥助と遊ぶか、勝負すんだ」

「やる！」

津弓は叫んだ。

「もし津弓が勝ったら、梅吉は出てって！　あと、しばらく弥助に会っちゃだめだから」

「ふうん。そういうこと言うなら、おいらも条件つける。おいらが勝ったら、もう絶対、月夜公を使って弥助を呼び寄せないこと。それでどうだい？」

「うっ……わ、わかった。どうせ津弓が勝つんだから」

「そういうのは勝ってから言えばいいだろ？」

では、なんの勝負にするか。

「相撲、はだめだな。おいらと津弓とじゃ、それこそ組み合いにもなりゃしない。そうだな。かくれんぼなんかどうだい？」

「だめだよ、そんなの。それじゃ梅吉のほうがずっと有利だもの。梅吉はねずみくらいしかないんだから、どこだって潜りこめるでしょ？」

「ね、ねずみって言うなよ!」

互いに色々案を出したが、なかなか決まらない。どちらも必死だった。なんとしても弥助を一人占めしたいのだ。

あっと、津弓が声をあげた。

「なんだい、大声出したりしてさ」

「思い出したの。ここの蔵のこと」

「蔵ぁ?」

「うん。そこにはね、色々なものがしまってあるの。きっと弥助が喜ぶようなものも、たくさんあると思う。どうせなら、どっちが弥助を喜ばせられるか、そういう勝負しない?」

「ふんふん。わかってきたぞ。つまり、おいら達でその蔵に入って、弥助が気に入りそうな品を探すんだな。で、どっちの品がいいか、弥助に選ばせるってわけだ」

「うん。これなら公平でしょ?」

「そうだな。うん。そいつにしよう」

弥助は部屋に残したまま、津弓と梅吉は勇んで蔵へと向かった。

月夜公の屋敷は広い。長い長い廊下は、青白い狐火(きつねび)が舞っており、夏らしく涼しげな光をふりまいている。さらに、浅黄色のお仕着せを着た白ねずみ達がちょこまかと歩いており、津弓が通ると、ぺこりと頭をさげてきた。

「へえ、ねずみがいっぱいだな」

「それ、叔父上が作った人形。この家の用事はなんでもねずみ人形がしてくれるの」

「ふうん。月夜公の妖術はすげえって噂だもんな」

「そう。叔父上はすごいんだから」

大好きな叔父を褒められ、津弓は得意になった。

「なんでもできるし、おきれいだし」

「まあ、きれいなことは認めるよ。けど、津弓は全然月夜公と似てないんだね。とても血のつながった甥っこには見えないや」

梅吉の言葉に、津弓は少しぎくりとした。

月夜公と似ていない。

色々な者達が、陰でそうささやいていることを、津弓は知っていた。なにより、似ていないことを自覚していた。

だが、ここで弱みは見せられない。それをどれほど残念に思っていることか。

津弓は少し強い声で答えた。

「そうだよ。でも、似てない身内なんて、たくさんいるでしょ？　それに、津弓は叔父上に似てないだけだもの。きっと、父上に似たんだと思う」

「父上って？」

「……会ったことない。父上は津弓が生まれる前に亡くなったし。母上も、津弓が生まれたあと、すぐに亡くなったんだって。でも寂しくないよ。津弓には叔父上がいるもの」

「うん。そうだろね」

梅吉があっさりうなずいたので、津弓は思わず立ち止まり、梅吉を見た。梅吉は真面目な顔をして見返していた。

「おいらも、ふた親はいないけど、おばあがいるから全然寂しくないんだ」

「あ、そうなの」

梅吉と自分は少し似ているのかもしれない。

ちょっと不思議な気持ちになり、津弓は梅吉のことを見直す気になった。といっても、弥助を巡る勝負を取りやめるつもりはなかった。それとこれとは話が別だ。

（絶対負けないんだから！）

津弓はこぶしに力をこめた。

ようやく廊下を抜け、庭へと出た。とたん、梅吉が歓声をあげた。

「うわ、なにこれ！　きれいだ！」

そこに広がっていたのは、湖のように大きな池だった。水は浅く、そのかわり息を呑むほどに澄んでいる。底に敷き詰められている玉石がきらめいている様子も、小さな青白い人魚が泳ぎ回っている姿も、はっきりと見てとれる。

水面では睡蓮やあやめが妖しく美しく咲き誇り、その間を妖蛍が舞っている。また、あちこちに小さな島が築かれていた。それぞれに見事な草木が植えられ、趣向がこらされている。島々へは赤い太鼓橋がかけられていて、自由に渡れるようになっていた。

梅吉が物珍しそうにあちこち目をやるので、津弓はこっそり笑った。また自慢できると、嬉しくなったのだ。

「これも、月夜公が造ったのかい？」

「そう。すごいでしょ？」

「うん。すげえよ。うちの梅谷と同じくらいきれぇだ」

「梅吉の、梅谷？」

そうさと、今度は梅吉が胸を張った。

「おいらの一族が代々住んできた谷だよ。梅の木が何千本も生えてんだ。そいつがまだ寒い如月の時期に、いっせいに花を咲かせるのさ。それがきれぇなのはもちろんだけど、なんたって匂いがいいんだ。香華仙女様さえ、その時期だけはうちの谷にやってくるくらいなんだから」

「で、でも、その谷がきれいなのは如月だけなんでしょ？ ここの庭は一年中すごいんだから」

むっとしたように梅吉は津弓を睨んだ。

「うちの谷だって、別に花の時期だけがすごいわけじゃないぞ。梅雨に入る前になると、梅の実がどっさり実るんだ。青々としたやつをもいで酒にしたり、黄色く熟したのは梅干しにしたり。収穫の時期はたくさん妖怪達がやってきて、そりゃもう、大賑わい。夜はもちろん宴さ。ここの庭は確かにきれぇだけど、そういう楽しいことはできないだろ？」

おいらんとこの勝ちだねと言われ、津弓は悔しがった。

だが、確かにこの庭には大勢の客はやってこない。常にしんしんと静けさに満ち、磨きあげられた美しさを愛でるためのものと言っていい。

人恋しさもあり、津弓は梅谷のほうがいいのではないかと、少しだけ思ってしまった。

口では、「そんなことないもの！ 叔父上のこの庭に敵うところなんか、絶対ないんだから」と、言いはしたが。

（おもしろくない！ やっぱり梅吉は追い払わなくちゃ！）

決意も新たに、津弓は心の中でつぶやいた。

三

月夜公の蔵は、庭池に浮かぶ島の一つにある。

津弓と梅吉はその島へと向かった。だが、まっすぐ、というわけにはいかなかった。そこに行きつくには、いくつもの橋を渡り、飛び石のような島々を踏んでいかなくてはならないのだ。

「ちぇ。面倒くさいなぁ」

梅吉は文句を言ったが、顔はむしろ楽しそうだった。津弓もわくわくしていた。橋を一つ渡り、新たな島に辿りつくたびに、どこか別の世界に降り立つような不思議な心地になるからだ。

春島という小島には、桜の大木が一本、王のように座していた。

五月雨島と名づけられた島には、紫陽花だけが植えられていた。

他にも、紅葉とすすきが茂る秋島、松林が見事な冬島、風雅な東屋の建てられた月見島など、独特の趣があるものばかり。

子供達は旅をするように島々を巡り歩き、ようやく目当ての島に辿りついた。

ここは、たくさんの青竹が生えていて、静謐な気が満ちていた。だが、ただ静かなだけではない。竹林に踏みこむと、ぴりっとした感じがした。

「わかるぞ。ここ、結界が張ってあるだろ?」

「うん。そう。でも、大丈夫。津弓がいるから、蔵は開くよ」

「でもさ、蔵っていっても、何もないじゃないか」

梅吉が言うように、あるのは青竹ばかり。蔵はおろか、小さな東屋一つ見当たらない。

きょろきょろする梅吉の前で、津弓は得意げに胸を張った。

「ちゃんとあるよ。今、見せてあげる」

津弓は足元を見下ろした。足元には、白い玉石で道が作られており、まるで白蛇のように竹林を縫っている。

この道に、叔父が教えてくれた目印がある。あれを見つけさえすれば、門は開く。

そして見つけた。銀杏ほどの玉石だ。他の玉石とほとんど区別がつかないが、目をこらせば、うっすらとした朱色で、小さな紋が入っているのが見える。

円の中に、三本の狐の尾が渦を巻いている。月夜公の家紋だ。

津弓はかがみこんで、その家紋にそっと触れた。

と、かたかたと、道の小石が跳ねだした。

「わ、な、なんだよ！」

突然の変事に、梅吉は慌てて津弓の肩に飛び乗った。梅吉をびっくりさせることができたのが愉快で、津弓はくすくす笑った。

「梅吉の怖がり」

「う、うるさいな。いきなりなんだから、びっくりするのは当たり前だろ？　それより、なんなんだよ、これ？」

「ふふ、すぐにわかる」

津弓の言葉通りになった。跳ねていた小石達は、みるみる積み重なっていき、鳥居の形を作ったのだ。大人が一人くぐれるほどの大きさの、白い石の鳥居だ。

声が出ない様子の梅吉を肩に乗せたまま、津弓はその鳥居をくぐった。

とたん、二人は大きな建物の中にいた。

そこはほの明るく、奥行きがあった。両脇には高い棚が壁のように並んでいる。どの棚も、箱や壺が所狭しと置かれていた。奥には大きな長持もたくさんある。

「ここがうちの蔵だよ」

津弓の言葉に、ひょええっと、梅吉がようやく息を吐きだした。

「こ、これって、隠し蔵かい？　すげぇ。……月夜公って、ほんと妖力があるんだなぁ」

「もちろん。だって叔父上は叔父上だもの」

「……ここの品ってさ、どのくらいあるのかな？」

「さあ、津弓は知らない」

実際、津弓は知らなかった。ここにどんなものが置いてあるのか、叔父は詳しく話してはくれなかったからだ。ただ先祖伝来の品や大事なものがおさめられていると言っていた。ということは、きっとすばらしい物があるに違いない。

「さ、弥助にあげる物、探そう」

「よ、よし。ずるはなしだぞ。一度選んだ物は引き下げない。それから、弥助に見せるまで、包みや箱を開けたりしない。それでどうだい？」

「いいよ」

「じゃ、やろう！」

二人は張り切って探し始めた。津弓は棚の通路を走り回り、梅吉は梅吉で津弓が入れないような棚の奥へと潜りこむ。相手よりもいい物を見つけなくてはと、どちらも必死だ。

だが、蔵の中におさめられている品々は膨大だった。しかも、中身を確かめていくこともできない。

運だめしのような宝探しに、津弓も梅吉も我を忘れる勢いで取り組んだ。

この厳重に鍵がかけられた箱はどうだ？　いかにも大事なものが入っている雰囲気ではないか。いや、鍵がないのだから、開けられない。開けられないのなら、意味はない。

では、こちらの小箱は？　何が入っているのか、ずいぶんと重い。なにやら期待がふくらむ重さだ。いや、少し小さすぎる気もする。やはり、これぞという物を選びたい。弥助が「すごいな！」と驚いて、喜んでくれる物でなければ。

ほこりまみれ、汗だくになりながら、津弓は棚から棚をのぞいていった。背の届かぬところには、飛びついて、よじ登ったりもした。

ああ、梅吉くらいの大きさだったら、楽に奥まで入って、色々隠されたものを見ることができただろうに。

梅吉のほうがよいものを見つけそうで、ますます焦ってきた時だ。ふと、きらきらしたものが目の端に入った。

それは、積み重ねられた巻物の後ろにあった。きらびやかさに惹かれて、津弓は手を伸ばして、それを引っ張り出した。

艶やかな金襴緞子の布で包まれたものだった。大きさは、ちょうど津弓が抱えられるほど。だが、それほど重くはない。

これにしよう。

心が決まった。これだけきれいな布に包まれているのだ。きっと、中身はそれはすばらしいものに違いない。大きめなところも気に入った。

「決めた！　津弓、どれにするか決めたよ！」

声を張り上げると、返事があった。

「おいらも決めたよ」

ごそごそと、上の棚のほうから梅吉が出てきた。なにやら細長い袋を引っ張っている。

それを見たとたん、津弓は安堵した。津弓が見つけた包みに比べ、その袋はずっと地味で、小汚かったからだ。大きさも、煙管（きせる）が入るほどしかない。

なのに、梅吉は袋の何が気に入ったのか、満面の笑みだ。

「おいら、これにすることにした。なんか、いい感じがしたんだ」

「ふうん。小さいの、選んだね。津弓はほら、こんなのにしたよ」

津弓の包みを見るなり、しまったというように、梅吉の青梅のような顔がひきつった。

だが、すぐに馬鹿にしたように言ってきた。

「ふん。津弓はわかってないなぁ。きらきらした見た目に騙（だま）されちゃってさ。きっと、たいしたもんじゃないのに。それに、でかけりゃいいものってわけじゃないのにさ」

「そんなことない。大は小をかねるって言うもん」

「むぅ。そ、そんな人間が使うことわざ、信じたりして、馬鹿みたいだ」

「いいもの。津弓、人間好きだもの。弥助だって人間だし」

「むぅ……」

今度こそ梅吉は黙りこんだ。

よし、勝った。

早くもその気になりながら、津弓は機嫌よく言った。

「さ、弥助のとこに戻ろ。弥助に、どっちがいいか選んでもらうんだから」

四

部屋に戻ってみると、弥助はまだ気を失ったままだった。津弓と梅吉は、弥助の体のあちこちをつねったり、くすぐったりしたのだが、まったく効果なしだ。

「ちぇ。どうするんだよ、津弓？　弥助、全然起きないじゃないか」

「そんな津弓のせいみたいに言わないでよ！」

「しっかたないなぁ。……じゃあ、弥助が起きた時のために、中身を出しておこうよ。そうすりゃ、すぐに選んでもらえるからさ」

「そうだね。ま、まずは梅吉から出してみてよ」

「なんだよ。怖気づいたのかい？　い、いいよ。おいらから出してやろうじゃないか」

梅吉は息を吸ってから、自分が選んだものを袋から引っ張り出した。

出てきたのは、扇だった。紙は使われてはおらず、薄く削った木片でできている。

なんだ、扇かと、津弓は笑いかけた。

だが、扇が袋から出されたとたん、えもいわれぬ芳香が部屋いっぱいに広がりだした。吸いこむと、魂まで解きほぐされるような心地よさに包まれる。本当にうっとりとしてしまうような、柔らかく甘い香りだ。

一瞬しょげかけていた梅吉も、香りに気づくなり、顔を輝かせた。

「な？　すごくいい匂いだろ？　これ、弥助は絶対気に入るよ！　絶対だね！」

「ま、まだわかんないよ。津弓のがあるんだから」

少々気弱になりつつも、津弓は必死で言い返し、自分の包みを手に取った。

大丈夫。梅吉のあんな汚らしい袋からさえ、いい匂いのする扇が出てきたのだ。ならば、自分が選んだこのきれいな布包みからは、もっともっとすごいものが出てくるに違いない。

それっと、津弓は結び目を解いた。

だが、現れたのは、思ってもいなかったものだった。

一瞬の沈黙のあと、梅吉がはじけるように笑いだした。

「あはははっ！　こ、こいつは傑作だ！　お、お、桶だなんて！」

そう。金襴緞子の包みの中から現れたのは、桶だった。なんの変哲もない、古そうな桶一つ。梅吉の扇のようにいい香りを放つわけでもなく、どこかに小じゃれた彫り物がほどこされているわけでもない。

どう目の玉をひんむいて見ても、そこにあるのは、ただの桶でしかなかった。

世にも惨めな気持ちで、津弓は桶を見つめた。

負けた。完全に自分の負けだ。弥助を梅吉にとられてしまう。悲しい。悔しい。

我慢できず、涙がこぼれた。その涙は、そのままぽたんと桶の中に落ちていった。

ひゅううう。

奇妙な吐息のような音が聞こえだしたのは、それからすぐのことだった。

「な、なんだよ。負けたからって、変な声出すなよ、津弓」

「ち、違う。津弓じゃないもん」

「じゃ、なんだよ、これ？」

おびえる子供達の耳に、今度は声が聞こえてきた。

「……食うかや？　食うかや？」

不気味な、地の底から響いてくるような声だ。それが「食うかや？　食うかや？」と、しきりに繰り返す。

怖くてたまらず、津弓は思わず聞き返してしまった。

「く、食う？」

「あ、馬鹿！　しゃべるな！」

梅吉が真っ青になって津弓の口に飛びついた。だが、もう遅かった。

「……そうか。食うのか」

声が言った。

「え？　え、違う！　食うって、い、言ったんじゃなくて……」

「だからしゃべるなって！」

「食うのか。食うのか。……ならば食わせてしんぜよう」

その言葉と共に、どーんと、あの桶から真っ白なものが噴き上がった。

津弓も梅吉も目を剝いた。

「そ、そうめん？」

そうめんだった。白い大量のそうめんが、どぶどぶと、桶からわきあがってくるのだ。

その勢いはすさまじく、いっこうに止まる気配はない。

押し寄せてくるそうめんの波に、子妖怪達は悲鳴をあげた。

「ちょげぇえっ！」

「うきゃあああっ！」

逃げようにも逃げられない。まるで蛇の大群にからみつかれるように、たちまちそうめんにからめとられてしまった。

「そ、そうめんに溺れて死ぬなんて、い、いやぁ！」

「お、おいらだって、げぶ、ま、まっぴらだよ！　な、なんとかしてくれよ！　津弓が持ってきたんだろ？」

「そ、そんなこと言われても……や、弥助ぇ！」

必死でそうめんをかきわけながら、津弓は弥助に助けを求めた。だが、弥助はとっくにそうめんの中に呑まれたあとだった。

弥助の姿が見えないことに、津弓は心の臓が縮みあがった。

死んでしまうかもしれない。弥助が死んでしまうかもしれない。

「い、いや！　お、叔父上ぇぇぇぇ！」

部屋に収まりきらなくなったそうめんが、ふすまを押し破って外へなだれでるのと、突如現れた月夜公が津弓と梅吉をすくいあげるのとは、ほとんど同時であった。

「あ、あ、叔父、上……」

「……これはいったい、何事だえ、津弓？」

さすがの月夜公も言葉が続かない様子だった。うごめくそうめんの群れに、顔がひきつっている。

だが、津弓がごめんなさいと言おうとする前に、つまみあげられた梅吉がわめいた。

「んなことより、弥助！　弥助がまだあの中にいるんだよ！」

「弥助、じゃと？」

「そ、そうだった！　叔父上！　弥助を！　弥助を助けてあげて！」

「このままじゃ弥助がそうめんで死んじまうよ！」

津弓と梅吉の悲鳴に、わけがわからぬという顔をしつつも、月夜公は指を鳴らした。

どぶっと、音を立てて、弥助がそうめんの中から飛び出してきた。全身そうめんまみれだが、生きてはいるようだ。

ほっとする子供達に、今度こそ月夜公は厳しい目を向けた。

「それで？　これはどういうわけなのだえ？」

「うっ……」

亀のように首をすくめても、月夜公の眼光からは逃げられない。津弓と梅吉は洗いざらい白状するはめとなった。

まったくと、話を聞き終えた月夜公は嘆かわしげに唸った。

「よりにもよって、そうめん鬼の桶を持ちだすとは。なるほど。このありさまもうなずけたわえ」

「そうめん、鬼？」

「そうじゃ」

月夜公は例の桶を持ち上げた。月夜公が術をかけたため、すでに普通の桶に戻っている。

「この桶はな、そうめん鬼を封じてあるものなのじゃ。こやつは、腹も裂けよとばかりに、そうめんを食わせたがる鬼よ。色々と厄介ゆえ、吾が蔵から出さぬようにしておったに」

「……ごめんなさい、叔父上」

津弓はしょげにしょげた。叔父の声に怒りはなく、ただただあきれた響きがあり、それがいっそうこたえたのだ。と、驚いたことに、梅吉が口を挟んできた。

「あ、あのさ、月夜公。津弓のこと、そんな叱らないでやっておくれよ。悪いのは、お、おいらも同じなんだ」

「う、梅吉？」

「だ、だって、そうだろ？　おいらが色々言ったりしたから、津弓だってむきになっちまったわけだし。つ、津弓は半分しか悪くない。半分だけ怒って、残り半分はおいらを叱っておくれ」

「梅吉……いいやつだったんだね」

「う、うるさいな。別に津弓を庇ってるわけじゃないぞ。当たり前のこと言ってるだけだい。おいら、卑怯者にはなりたかないからね」

青梅のような顔を少しだけ赤らめながら、梅吉は口を尖らした。

と、ふっと、息がもれた。月夜公が軽く笑ったのだ。

「なかなか良い度胸じゃな、梅谷の梅吉。この吾に向かって堂々と物申すとは」

「ひっ……」

「お、叔父上。梅吉をいじめないで！」

「いじめなどせぬわ。そなたらが存分に痛い目におうたのはわかっておる。今ので身に沁みておろうからの。これ以上は何も言わぬし、罰も与えぬわえ」

「ほ、ほんと？」

よかったと胸を撫で下ろす子供らに、月夜公はじわりと言った。

「じゃが、事を起こしたのが、こちらの桶でよかったわえ。そちらの扇を開いて、あおいでいようものなら、こんな騒動ではすまなかった。……下手をしたら、弥助は死んでおったぞえ」

ぎょっとする津弓達に、月夜公は「これはねむねむの扇よ」と、木の扇を指差した。

「戦場に生えていたねむの木から削りだされたものじゃ。たらふく血と怨念（おんねん）を吸いこんだ邪悪な品よ。このように甘美な香りを放ちはしているが、扇を開いてあおごうものなら、死の眠りに引きずりこんできよる。これを開かなかったのは、不幸中の幸いであったな」

子供達は震えあがった。ことに、津弓は涙目になっていた。

「な、なんで、そんな危ないものばっかり、うちの蔵にあるのですか、叔父上？」

「わからぬかえ？　害をなす物ゆえ、吾が預かり、安全にしまっておるのよ。これも一族の役目の一つじゃ、津弓。その役目を担う覚悟ができるまで、安易にあの蔵に入ってはならぬ。よいかえ？」

「は、はい！」

津弓の背筋がぴんと伸びた時だ。

床に転がされていた弥助が、急に息を吹き返した。

「ぶえっ！　げはっ！　な、なんだよ、これ？　そ、そうめん？」

「弥助ぇ！」

「えっ？　津弓？　梅吉？」

「う、う、うわあ、弥助ぇ！」

「無事でよかったよぉ！」

泣きじゃくりながら飛びついてきた津弓と梅吉に、そうめんまみれの弥助は目をぱちくりさせるばかりだ。

そして、月夜公はというと、こちらはこちらで部屋の惨状に唸りをあげていた。

あふれでたそうめんは、量にしておよそ数百人分は優にあるだろう。廊下もすっかり埋めつくされている。

「……これは……吾がねずみどもを総がかりにしても、捨てるのにどれほどかかるか」

この言葉に反応したのは、弥助だった。

「捨てる？ このそうめん、全部捨てちまう気なのかい、月夜公？」

「それがどうしたというのじゃ、弥助。他に手立てはあるまい？」

そんなことないと、弥助はきっぱり言った。

「捨てるなんてもったいないよ。食い物なんだから、食っちまえばいいじゃないか」

「……うぬはこれを食いきれるというのかえ？」

「もちろん、俺達だけでじゃないよ。いい考えがあるんだってば」

「……聞いてやろうではないか」

その夜、月夜公の庭にて、納涼祭が開かれることとなった。

弥助に声をかけられ、恐る恐る月夜公の屋敷に足を運んだ妖怪達は、初めて目にする庭の見事さに感嘆の声をあげた。

そして、そんな彼らにふるまわれたのが、そうめんだ。月夜公のねずみ達の手によってきれいに洗いなおされたそうめんに、誰もが舌鼓を打った。

きれいな庭を眺めながら、こんなうまいものを食べられるなんて。

こいつぁこたえられねえ。

月夜公も味なことをなさる。

そんな声があちこちであがる中、津弓も梅吉も、そして弥助も、せっせとそうめんをかっこんでいた。

「うまい！　うまいなぁ、そうめん！」

「うん。おいしい！」

「こう、ちょっとねぎを刻んだのを入れると、また味変わりしていいや」

「おいらはさんしょをかけて食うのも好きだよ」

「おまえ、なかなか通だな、梅吉」

「や、弥助。津弓だって、さんしょくらい食べられるよ。津弓も通だよ」

「うんうん。わかってるって」

弥助に頭を軽く撫でられ、津弓は満面に笑みを浮かべた。丸い顔が余計にまん丸となる。

「楽しそうだな、津弓」

「うん！　楽しいよ、弥助！」

実際、津弓は嬉しくてたまらなかった。

弥助がそばにいて、笑いかけてくれる。梅吉はまたあれこれ生意気なことを言ってくるけれど、それに言い返すのも楽しくなってきた。

なにより、客人達のにぎやかさが心地よかった。

いつも静かな庭に、たくさんの妖怪達がいる。みんな楽しそうに笑い、おいしそうにそうめんをすすっている。わいわいがやがや、まるで正月の騒ぎのようだ。

楽しさもあいまって、笑顔も箸も止まらない。

「津弓、おかわりする！」

「おいらも！」

「俺も！……ていうか、梅吉、おまえ、そんなに食って腹こわすなよ？」

「平気だよ。そういうことは、横のぼっちゃんに言ってやりなよ」

「津弓だって、おなかこわしたりしないもの！」

ぎゃあぎゃあ大騒ぎしながら箸を進める弥助達のそばに、月夜公が近づいてきた。

「楽しんでおるかえ、津弓？」

「あ、叔父上！　はい！　もう、すごくすごく楽しいです！」

にこにこの甥に、月夜公もとろけんばかりの笑顔となった。

「そうか。それはよかった。……弥助」

「あ、うん。どうだい？　そうめんの量、減ってきてるかい？」

「うむ。恐ろしい勢いで減っておる。これなら無事に全てなくなりそうじゃ。納涼祭とは考えたものよ」

「へへへ。一石二鳥だろ？　そうめんは片付くし、みんなには喜ばれるし。……あのさ、千にいも呼んじゃだめ？」

「ならん」

にべもなく月夜公は言った。

「あやつの顔を見ると、この庭ごと吹き飛ばしたくなる。あの小面憎い白面を、この屋敷にだけは入れさせぬわえ。それに……あやつめもまだ頭に血が上っていようからの」

「千にいが？　なんで？」

「うぬをここへ連れてきたことに、どうやら腹を立てているらしい」

「あ、そりゃそうだろうね……」

どう考えても、月夜公のやり方は乱暴だった。千弥が怒らぬはずがない。

養い親の怒りを思い浮かべ、弥助は身震いした。

「……あのさ、心配するわけじゃないけど、どうやって千にいの怒りをおさめるつもりだい?」

「ふん。手は考えておるわ。津弓のため取り寄せた仙薬を、少しわけてやるつもりじゃ」

「薬を?……怒りをなだめる薬なんて、あるわけ?」

「何をたわけたことを言うておるのじゃ。薬は薬じゃ。病を癒すものに決まっておろうが。白嵐めはうぬの身のことをやたら案じているようだからの。ま、無理もないわ。人は弱い。わずかな怪我や病が命取りになるとあっては、気が気ではあるまい」

「……」

「ゆえに、流行り病を癒す妙薬が手に入るとなれば、あやつめもころりと怒りを鎮めよう。ふん。まったく過保護なことじゃ」

「……俺が言えた義理じゃないけど、千にいも月夜公にだけは言われたくないかもね」

「何か言うたかえ?」

「なんでもありません」

弥助は気をとりなおし、ふたたびそうめんを食べにかかった。と、くすくす笑いながら、梅吉が弥助の足をつついてきた。

「弥助といい津弓といい、大事にされすぎんのも大変だね」

「ほっといてくれよ。……ところでさ、さっきから耳に挟んでる話をつなげるとだ。おまえ達が持ちだした桶から、このそうめんが出てきたってことなんだろ？」

「うん。まあ、そんなとこだね」

「そこがわかんないんだ。なんだってそんな桶を持ちだしたりしたんだよ？　どういう理由でそういうことになったわけだい？」

弥助の問いに、梅吉と津弓は顔を見合わせた。そして、口をそろえて言ったのだ。

「教えない！」

「そ。弥助には絶対教えない」

「なんだよ、それ！」

「弥助は知らなくていいの」

「そうそう。知らなくていいんだよ」

「……なんか、俺が知らない間にずいぶん仲良くなったみたいだなぁ」

ぼやく弥助の前で、いひひと、津弓と梅吉は笑いあった。

自分達が数々のいたずらをしでかし、妖怪達に「悪たれ二つ星」とおののかれるようになることを、津弓も梅吉もまだ知らないのであった。

紅葉(もみじ)の下に風解(と)かれ

一

夏の暑さが退き、秋が来た。涼しい風が吹き渡るようになり、木の葉はほんのりと色づきだす。まもなく、あちこちで紅葉狩りができるだろう。楽しみだ楽しみだと、江戸の人達は心待ちにしていた。

だが、太鼓長屋の少年、弥助にとって、秋の楽しみは別にあった。栗拾いだ。あちこちの雑木林には、栗の木もかなり生えている。毎年どっさり拾っては、茹で栗、焼き栗、栗おこわと、栗づくしを堪能するのだ。

今年も秋の気配がし始めると、弥助はあちこちの雑木林に出向いては、栗の実り具合を調べるようになった。

ところがだ。調べれば調べるほど、弥助の顔は冴えないものとなっていった。

とうとう「今年はだめだ」と、弥助は千弥に言った。

「今年の栗は不作みたいだよ。全然実ってないんだ。みんな、青いうちに落ちちまったみたいでさ」

「ああ。今年の夏は嵐がずいぶん多かったからね」

「う〜。今年は栗づくしはなしかぁ」

　しょんぼりする弥助に、千弥は、

「栗はなくとも、好物はいくらでもあるだろう？　かわりに銀杏はどうだい？　芋も好きだろう？　今度、いくらでも買ってあげるから」

　と、一生懸命慰めた。

　だが、弥助の顔は晴れなかった。

　ただ栗が食べたいというだけではないのだ。

　秋の気配のする林の中で、宝を探すように落ち栗を探し、下駄でいがを踏んで、中身を取る。だんだんと、背中の籠が重くなっていくのが嬉しくて、楽しくて。

　今年はそれが味わえないと思うと、憂鬱な気分になった。

　その夜、やってきた玉雪は、いつになく元気のない弥助を見て、目を見張った。

「まあ、どうしたんです、弥助さん？」

　玉雪は白兎の妖怪だ。人の姿でいる時は、色白のふっくらとした女に化け、柿色の着物を好んで着る。

毎晩のようにやってきては、子預かり屋を手伝う玉雪は、千弥に負けぬほど弥助に甘い。今回も、おろおろと弥助にかまい始めた。

「そんな顔をするなんて……何があったんです？　あたくしにできることなら、なんでもしますから。あのぅ、なんでも言ってください」

「ち、違うよ。そんなたいそうなことじゃないんだって。ただ、今年は栗拾いはできそうにないなって、ちょっと残念に思ってただけだよ」

「栗、拾い？」

玉雪はきょとんとした顔をした。

「なぜ今年はできないんです？」

「だって、今年はどこも栗が不作じゃないか」

「……どこもってわけではないです。実っているところには、あのぅ、ちゃんと実ってますよ」

「えっ、うそ！　どこ？」

思わず弥助は色めきたった。それを感じ取り、千弥もすぐさま反応した。殺気だった様子で、玉雪に迫ったのだ。

「そこはどこなんだい、玉雪？　じらさず、とっとと教えるんだ」

「あい。あのぅ、あたくしの栗林です」

「玉雪さんの？」

「おまえ、そんなもの、持っているのかい？」

驚く弥助達の前で、こくりと玉雪はうなずいた。

翌日の早朝、玉雪が手配してくれた風翁(かぜおきな)に運ばれ、弥助は江戸から遠く離れた山へとおろされた。

見事なまでに山深い場所だった。運ばれてくる時に、いくつの山を越えたか、思い出せない。うっそうと茂った木立は、強い山の気と、落ち葉の湿った匂いに満ちていた。

夕暮れにまた迎えに来ると言い残し、風翁はびゅっと去っていった。

弥助は玉雪を振り返った。

「すごいとこだね」

「あい。ここはもう、あのぅ、お江戸とは違いますからねぇ」

そう答える玉雪は、子牛ほどもある大きな白兎の姿になっていた。まだまだ妖力が弱いため、日があるうちは人の姿を保てないのだという。そのふくふくの体をゆらすようにして、玉雪は言った。

「栗林までは少し歩かないといけないんですけど、あのぅ、いいですか？」

「もちろんだよ！　山歩きも楽しいしさ！」

「それじゃついてきてください」

玉雪のあとについて、弥助は歩き始めた。

秋の山を歩いていくのは楽しかった。目に映るのは、鮮やかな金や赤、黄色に移り行く緑。まるで錦そのものだ。頭上だけでなく、足元にもその錦は広がっていて、踏んでいくのが惜しいほどだ。

また、あちこちのつるからはあけび、野葡萄、からすうりが垂れ下がり、地面にはころころとどんぐりが散らばっている。それらに、鳥や山の獣がむらがっていた。少しでも冬の間の蓄えを集めようと、みんな必死の様子だ。

よほど秋のごちそうに夢中になっているのか、それとも人間というものを見たことがないのか。弥助がそばを通っても、獣達は逃げもしなかった。

すごいところだと、弥助はまた思った。ここでは自分がよそ者。他人様の庭にお邪魔させてもらっているのだと、つくづく感じた。

そうして小半刻ほど歩き続け、ついに栗林へと辿りついた。

うわっと、弥助は歓声をあげた。

そこら中に太い栗の木が生えていた。天をおおうように、それぞれがたがいに枝を伸ばしている。その真下には、大きな栗のいがごろごろと落ちていた。下駄でそれを踏みつければ、赤子のこぶしくらいもある栗の実が飛び出てきた。つやつやと光沢も美しい、秋の実り。

興奮で弥助は息が詰まった。

こんなにたくさんあるなんて。

「い、いいの？　これ拾っていいの？」

「もちろんです。たんと拾ってってくださいな。あたくしは、あのぅ、ちょっとはずしていますから。もちろん、遠くへは行きませんから。何かあったら呼んでください」

「わかった」

ほとんど上の空で、弥助は答えた。足元に散らばっている栗の実に、気もそぞろになっていたのだ。

玉雪が去る姿を見届けることもせず、弥助は栗を拾いだした。いがを踏みつけ、飛び出してきた実を、あるいはすでに落ち葉の上に転がっていたものを、持ってきた背負い籠に放りこんでいく。

前に進めば進むほど、おもしろいように栗が見つかった。どれも立派なやつばかりだ。

大きな籠がどんどんいっぱいになっていく。

弥助はほくほく顔だった。

帰ったら、まずは焼き栗にしよう。ぱんと弾けた熱くて甘い実を、ふうふうしながら頬張るのだ。翌日は栗おこわだ。米に皮をむいた実をどっさり入れて、だしと酒を足して炊けば、風味も豊かなごはんとなる。ああ、考えるだけで、よだれが出そうだ。

こんなに採って、欲張りすぎだろうか？　いやいや、そんなことはない。多くて困ることはない。なにしろ、弥助のもとには夜な夜な子妖怪達がやってくる。その子妖怪達にも、栗のごちそうをふるまってあげよう。きっとみんな喜ぶだろう。そう。みんなのためにも、たくさん拾っておかなくては。

そんな言い訳をしながら、弥助は拾い続けた。

そのうち、栗林の端へとやってきた。小川を挟んだ向こうに、小さな寺があった。寺といっても、ひどい荒れ寺だった。もう長いこと人が住んでいないのは一目瞭然で、苔むした屋根には大穴が開き、柱は虫食いでぼろぼろ、しっくいの壁は今にも朽ちてしまいそうなありさまだ。

この寺はまもなく山に呑みこまれるだろう。山の中に溶けていき、一部となってしまうだろう。

そんな寺の前に、玉雪がたたずんでいた。何をするわけでもなく、ただじっとうずくまり、寺と向かいあっている。

一瞬声をかけようかとも思ったが、弥助は黙って栗林に引き返すことにした。玉雪の邪魔をしてはいけないと、なんとなく思ったのだ。


その日の夕暮れ、玉雪と大量の栗と共に、弥助は太鼓長屋の千弥のもとへと戻った。喜びで顔を火照らせ、興奮気味に今日の大収穫の話をする養い子に、千弥も嬉しげに口元をゆるませた。

その和らいだ表情のまま、千弥は玉雪に向き直った。

「世話になったね、玉雪。礼を言うよ」

「と、と、とんでもないです」

玉雪はぎょっとしたように、ぴょんと跳び上がった。

普段の千弥は、弥助以外の相手にはめったなことでは微笑(ほほえ)まず、冷たく顔を固めている。弥助専用のはずの微笑みを向けられて、玉雪が大いに焦(あせ)るのも無理はなかった。

「あのぅ、あたくしの栗林を弥助さんが喜んでくれれば、あのぅ、あたくしもすごく嬉しいですし」

「あ、そのことなんだけどさ」

弥助が声をあげた。

「あの栗林って、いったいどうして玉雪さんのものになったんだい？」

あやかしである玉雪があんなものを所有している。そのことがどうにも腑に落ちなかったのだ。

「そうだね。私も知りたいところだ。小妖のおまえが、どうしてそんなものを持っているんだい？」

弥助達の問いに、玉雪は微笑んだ。

「正真正銘、あたくしのものですよ。あのぅ、ちゃんといただいたんです」

「誰に？」

「前にあの山にいた人に」

心なしか、玉雪の声がしっとりした。

弥助はぴんとくるものがあった。

「……もしかして、その人、あの寺に住んでたのかい？」

「見たんですか？」

玉雪はまた微笑んだ。今度は悲しげな笑みだったので、弥助は動揺した。

「ご、ごめん。見ちゃいけないって、わからなかったから」

「いいえ、別に見られて困るようなものでは……あのぅ、聞きたいですか？　あたくしがあの栗林をもらったいきさつを？」

「……それって、玉雪さんにとって、悲しい話なんだろ？　だったらいいよ。話したりしたら、玉雪さん、きっとつらくなるだろうから」

弥助が言うと、感心したように千弥が声をあげた。

「おまえはなんて優しい子なんだろうねぇ」

「や、やめてよ、千にい！　撫でてくれなくたっていいから！」

「いいじゃないか。昔は頭を撫でられるのが、あんなに好きだったじゃないか」

「いつの話だよ、それ！」

じゃれあう二人の姿を、玉雪は優しい目で見ていた。そして、こくんと、うなずいたのだ。

「やっぱりお話ししますよ」

「いいの？　ほんとに？」

「あい。あのぅ、よければ、あたくしの昔話に付き合ってくださいな」

玉雪は静かに話し始めた。

二

その時、玉雪は焦れていた。荒んでいたとさえ言えた。

（どこにいるの？）

悲痛な呼び声を幾度放ったことだろう。だが、それに答える者はない。

昼も夜も、頭に浮かんでくるのは、一人の男の子の姿だ。くたびれた着物を着て、日に焼けた肌をした、笑顔のかわいい男の子。名は智太郎。

ああっと、玉雪は目を閉じた。

玉雪は霊山に生まれた。清らかな大気と水に育まれたため、またその白い毛並みを山神に愛でられたため、普通の兎よりもずっと長い寿命を与えられた。

だが、それは過去の話。今の玉雪は、あやかしとなっていた。霊獣にあるまじき妄執に囚われ、それに囚われたまま生来の命が果てたせいだ。

だが、日の光におびえ、夜の闇の中でなければ、自由に動けぬようになってしまった我が身を、玉雪は嘆きはしなかった。望みを叶えるためならば、どんな闇へも堕ちていく。すでにその覚悟はできていた。

その望みとは、「智太郎を見つけ出したい」という妄執に他ならなかった。

罠にかかってもがいていた自分を助けてくれた子。命の恩人にして、「玉雪」という名を与えてくれた人の子。かわいくてかわいくて、大好きだった。なのに、自分はその子を守りきることができなかったのだ。

（あの日、あたしがもっとしっかりあの子を運んでいれば……）

あの日とは、智太郎とその母親が深い山中で魔物に襲われた日のことだ。

智太郎の母親は我が子を助けるため、自らおとりとなり、そして食われた。

玉雪は智太郎を逃がそうと、必死で引っ張った。だが、子供は重く、途中で川に落としてしまったのだ。

斜面を落ちていった時の、子供のひきつった真っ青な顔が、目に、心に焼きついてしまっている。繰り返し繰り返し、玉雪の胸をえぐる思い出だ。

どうして、もっとしっかり襟をくわえていなかったのだろう？　なぜ落としてしまったのだろう？

あの日以来、玉雪の心は血を流し続けている。

だから、捜した。落ちてしまった智太郎を、捜し続けた。川の流れに沿ってひたすら走り、爪が全部割れて、四肢の先が紅に染まっても、捜すことをやめなかった。食べることや水を飲むことも忘れ、目がかすみ、体が泥のように重く動かなくなり、そして……。

小さな闇の眷族として、ふたたび玉雪は生まれおちたのだ。

あやかしになってからも、玉雪はひたすら智太郎を捜し続けた。恐らく生きてはいないだろう。だが、きっと魂はこの世にとどまっていよう。骸のそばで、途方にくれているに違いない。あの子はあんなにも小さくて、あんなにもおびえていたのだから。

自分があやかしに変化したように、あの子もまた迷えるものになっているはずだ。

玉雪は確信めいたものを感じていた。

だから見つけたい。見つけて、今度こそ守り、温めてやりたい。ずっと寄り添い、傷ついた魂を癒してやりたい。

その想いに駆り立てられ、玉雪は動き続けた。

だが、いまだに見つからない。

玉雪は、もしやと思うようになった。

これだけ捜して見つからないということは、もしや、あの子は生きている？

そんなはずはないと思ったが、一度芽生えた希望の芽は摘み取ることができなかった。

玉雪は、捜し方を変えた。それまでは「必要がない」と避けていたあやかしどもの集まりに加わり、耳をそばだて、彼らの話を聞くようになった。

あやかしどもは意外にも噂好きで、方々から話を仕入れてくる。その多くはただの噂、あるいは笑い話だったが、玉雪は辛抱強く耳を傾け続けた。そしてある夜、不思議な話を聞いたのだ。

西の深き山の中に、闇に穢された人の子がいる。

その一言に、どくんと、胸が高鳴った。何かがひっかかったのだ。

話を仕入れてきた水妖に、玉雪は食い下がって詳細を聞き出した。その子供は、十歳くらいの男の子で、たった一人で山の荒れ寺にいるのだという。背負った闇の穢れがひどく、人はおろか、鳥獣もその山には近づかないのだとか。

行かないほうがいいと、水妖は濡れた目をしばたたかせ、忠告してきた。

「あれは良からぬものじゃ。不浄のものじゃ。わしらあやかしの者にも害があろう。まして、おぬしはあやかしとなってまだまだ日が浅く、力も弱い。うかつに近づけば、とんでもないことになろうよ」

だが、玉雪は臆さなかった。

智太郎は、生きていれば十歳になるはず。その少年の年頃とも合う。なにより、闇に穢されているというところに、強く感じるものがあった。

五年前に、智太郎達に襲いかかってきた魔物は、不浄そのもののおぞましい存在だった。あの時に、智太郎が傷を負っていたとしたら。それが、子供の心身を蝕み、穢したのだとしたら。

何もかもがあてはまる気がして、玉雪は自然と気持ちが高ぶってきた。もちろん、期待しすぎてはならないとも思った。だが、少しでも可能性があるのであれば、それにすがりたい。その子供が智太郎かどうか、確かめなくては。

玉雪はすぐさまその少年がいるという山へ向かった。あやかしとなり、暗闇の妖道を走れるようになった身でも、その山に辿りつくのに半日かかった。

辿りついて、まず絶句した。

なんという場所だろう。山深い、というよりも見渡す限り山々の姿しか目に入らないような場所だ。山という名の大海に浮かんでいるような心地となる。こんなところに寺があるなど、到底信じられないほどだ。

だが、玉雪が驚いたのは、そこではなかった。

今は秋。恵みの時季だ。鳥も獣も、喜び勇んで山の恵みを受けとり、歓喜の声がにぎやかに響き渡る。それが、秋の山というものだ。

だが、この山だけはしんと静まり返っていた。木々は実を熟させているが、それを得ようとするもの達の姿がない。鹿(しか)、兎、猿(さる)、熊(くま)、鳥。彼らの気配がまるでしなかった。いない。いないのだ。この山だけがからっぽだ。

いや、からっぽというのとはまた違う。生き物達のかわりに、山を満たすものがあった。

穢れだ。

胸をかきむしるような不安。ただれるような不満。針のように鋭い寂寥(せきりょう)。そしてどっぷりと深い恐怖と粘っこい憎悪。あらゆる陰の気がふくれあがり、渦巻いている。そのあまりの濃さに、玉雪は震撼(しんかん)した。

なんという穢れだろうか。今は明るい昼間だというのに、山全体が灰色に淀(よど)んで、ひどく薄暗い。

引き返せと、全身が悲鳴をあげていた。頭の中で、戻れ戻れと、叫ぶ声がする。

それでも、玉雪は先に進んだ。どうしても確かめたかったのだ。

進めば進むほど、穢れが濃くなっていき、玉雪の足取りは重くなっていった。自分の純白の毛が黒く染めあげられていくような気がした。もう二度と、どんな清流の水でさえ、洗い落とせないのではないだろうか。

しかも、この穢れはただの不浄とはわけが違う。たっぷりと、人の怨念(おんねん)に満ちているのだ。

悲しい。つらい。恨めしい。許せない。

心をじかに貫いてくる強烈な念に、玉雪は苦しめられた。

ああ、引きずられる。自分の魂が呑みこまれてしまいそうだ。

そうならぬために、玉雪はひたすら智太郎を見つけたいという想いにしがみついた。智太郎のことだけを思うと、重たい足もなんとか動いた。玉雪をあやかしと化した妄執が、今度は玉雪を守る盾となったのだ。

じりじりと前に進み、ようやく山の中腹にある寺へとやってきた。吐き気をこらえながら、玉雪は前を見た。

ひどく荒れた寺だ。何年も手入れがされておらず、今にも崩れ倒れそうだ。その寺の前に、小さな人影があった。

玉雪はかすむ目をこらした。

少年だ。こちらに背を向けている。きゃしゃな体つき。白い着物を着て、髪はとても短い。坊主頭ではないが、指先でつまめるほどの長さしかない。

あの子か。あの子なのか。

狂おしい想いに駆られ、玉雪は思い切って茂みから出てみた。少年がこちらを振り返った。驚いたように玉雪を見る。

激しい落胆が玉雪を襲った。違った。智太郎ではない。あの子はこんなきれいな顔ではなかった。もっとずっと色黒で、愛嬌（あいきょう）のある顔をしていた。

悲しみをこらえ、玉雪は引き返そうとした。

その時、ぞわあっと、冷たいものが体を駆け抜けた。

思わず振り返った。それがいけなかった。玉雪は断じて振り返るべきではなかった。そのまま一目散に逃げるべきだったのだ。

（ひっ！）

少年の後ろから、真っ黒な影がぬっと顔を出していた。それはすくんでいる玉雪に一瞬にして迫り、玉雪を殴り飛ばしたのだ。

体が飛び、意識も飛んだ。

だが、気を失う直前、少年の悲鳴を聞いた。

「やめて！」

そう少年は叫んでいた。

三

幸せとは何だろう。

舞い落ちる木の葉を見ながら、少年はぼんやりと思った。

覚えている限り、幸せだったことはない。友がいたことも、誰かから微笑みを向けられたこともない。少年に寄り添うのは孤独だけだ。それは濡れた衣(ころも)のように、じっとりと少年に巻きつき、からみつき、決して逃がしてはくれない。

彼はそういう育ちの少年だった。

物心ついたばかりの頃は、まだ多くの人が周りにいた。少年の家は大きく、それだけ人も多かったのだ。そのざわめき、気配、匂いを、覚えている。

だが、それらはたいして心地よいものではなかった。よくない言葉、意地の悪い言葉も、ずいぶん言われた気がする。

少年は成長するに従い、自分が嫌われ、蔑(さげす)まれていることを次第に理解していった。それを悲しいと思い、同時に不思議にも思った。嫌なことを言った人、少年をつねったり転ばせたりした人は、翌日には必ず家の中から姿を消し、二度と見ることはなかったからだ。あとから知ったが、みんな死んだのだという。

呪われた子。災いをふりまく鬼子。

そういう噂が立ち始め、だんだんと少年は一人になっていった。少年の部屋を訪れ、世話を焼いてくれる者はいなくなった。ただ、外の廊下に食事の膳が置かれ、慌ただしく駆け去る足音が聞こえるのみ。

父なる人は、ことのほか少年を恐れ、会うのはおろか、目を合わすことすら拒んだ。

「あの子さえおらねば、我が家は安泰であるのに。母親が悪いのだ。あの、気味の悪い女め。死してなお、とんでもない呪いを残していったものよ」

早く死んでくれないものか。

旦那様がそう言っていたと、下男達がしゃべっているのを少年は物陰で聞いてしまった。その夜は冷たい床の中で、さめざめと泣いた。父にまで嫌われてしまっては、どうしたらいいかわからないではないか。

そして翌日は大騒ぎとなった。父なる人が亡くなったのだ。

少年の死を願っていた父のほうが、これほど早く逝ってしまうとは。

茫然(ぼうぜん)としている少年の部屋に、祖母が駆けこんできた。真っ赤な泣きはらした目を吊り上げ、「親殺し」と、祖母はののしってきた。

「出てお行き！　不浄の子なぞがいたから、公胤(きみたね)は死んでしまったのだよ。そもそも、おまえを長々とここに置いておいたのが間違いだった。汚らわしい女が産み残した子などが、うちの身内であるものか。鬼子！　禍子(まがつこ)！　出ていけ！　早く出ていけぇ！」

　老女の金切り声に押し出されるようにして、少年は屋敷を追い出された。門の外には、旅姿の数人の男達がいて、転げ出てきた少年を受け止めた。

「行きましょう。あなたは遠くに行くことになったのです」

乾いた声で男達はそう言い、少年は素直にうなずいた。祖母の鬼の形相を見たあとでは、ここに残りたいとは微塵(みじん)も思わなかった。

　こうして少年は屋敷を離れた。そのまま何日も、見知らぬ男達と一緒に歩き続けた。男達は無駄口をいっさい叩かず、必要なことしか言わなかった。少年の顔を見ることもない。だが、少年の体が冷えないように気をつけてくれ、足にまめができれば膏薬(こうやく)を塗ってくれた。流れの速い川を渡る時などは、肩に乗せてくれた。

　淡々とした、だが悪意のない男達の態度に、少年は不満も不安も覚えなかった。そのためだろうか。変事が起こることもなく、旅は続いた。

道中、村などに立ち寄ることもあった。すると、男達は持ってきた荷を広げ、少年にはよくわからない枯れ草や木の実のようなものを、食べ物などと交換した。

その姿を見るうちに、なんとなくわかった。どうやら、彼らは旅回りの商人らしい。少年の父の屋敷にも出入りをしていたのだろう。その時に、あの騒動となり、祖母から「この鬼子を遠くへ」と、少年の身を預けられたのかもしれない。少年はそう思った。

やがて、人通りがどんどん少なくなっていき、遠かった山々が次第に近づいてくるのを見て、少年は悟った。ああ、自分達はあの山の向こうへ行くのだと。

山の中に入っても、男達の態度は変わらなかった。日のあるうちは黙々と歩き、夜になれば火をおこし、食べ物を少年に与えた。少年はそれをがつがつと食べ、火のそばで丸くなって体を休めた。

やがて山の中に、突如小さな寺が現れた。物珍しげに建物を見る少年に、男達は言った。

「あなたはこれからここで暮らすのです。ここの和尚様があなたの面倒を見てくださる。食べ物などは月に一度、ちゃんと届く手筈になっているから、何も心配はいらない」

それだけ言って、男達は立ち去った。

少年は、その後ろ姿を見送った。少し残念に思った。屋敷を出てから、ふた月余り。あの男達との時間は楽しくはなかったが、穏やかだった。一番普通でいられたような気がするのに。

だが、あきらめなくては。自分はあきらめることしかできないのだから。

少年は、新たな庇護者である和尚のもとへと歩いていった。老いた和尚の顔は厳しかった。

「俗世を捨て、ひたすら御仏にすがりなさい。そうすれば、そなたにしがみつく邪なものも、いつの日か清められるかもしれぬ」

寺には、和尚の他に、小坊主が二人いた。どちらも少年よりも二つ、三つ年上で、そのうちの一人が少年の頭を剃ってくれた。剃刀の刃が冷たくて痛くて、髪がどんどん自分から落とされていくのが悲しくて、涙がわいた。

翌日、その小坊主は死んだ。顔に恐怖を張りつけ、身をこわばらせ、床の中で冷たくなっていた。

蒼白となった和尚は、少年にはっきりと言った。

「そなたは生まれながらに業を背負っておる」

その時初めて、少年は自分が何者であるか、自分の周囲に何が起きていたかを教えられた。恐ろしかった。自分がそんなおぞましいものだとは、信じられなかった。

だが、和尚の目に宿る恐怖と嫌悪は本物だった。

「修行を積んだこの身であれば、その業を祓えると思うていたが、考えが甘かった。そなたを引き取るべきではなかった。公胤様が亡くなった時点で、約束は反故にするべきであった」

吐き捨てるように言われ、少年は亡き父が早くから自分をこの寺に追いやろうとしていたことを知った。

ああ、どこまでも嫌われ、憎まれていたのか。

悲しくて、胸が痛んだ。

その翌日、和尚は冷たい骸となっていた。それを見ても、もう少年は驚かなかった。自分の正体がわかった今、和尚が死んだ理由はわかりきっていた。

少年を悲しませたからだ。悲しませるようなことを言ったからだ。

和尚の話は本当だったのだと、少年は骸を見ながら思った。

みんなみんな、死んでいく。自分を傷つけた者、悲しませた者は、決して死の爪から逃れられない。

生き残ったもう一人の小坊主は、いつのまにか姿を消していた。逃げたのだ。そのほうがいいと、少年は思った。そばに誰もいなければ、誰も死なせないですむ。

少年はそのまま寺にとどまった。どこにも行くあてはなかったからだ。ここに連れてきてくれた男は、「食べ物はちゃんと届く」と言っていたが、幾月経っても、誰も訪れることはなく、何も届かなかった。

あの男は嘘をついたのだろうか？

そう思いたくはなかった。きっと、逃げた小坊主が、あの寺に鬼が棲みついたと触れまわっているのだろう。もしかしたら、祖母が手をまわして、荷を届けないようにしているのかもしれない。

いや、それはありえないと、ふいに少年は思い至った。

「おばあさまは……きっと生きていらっしゃらない」

祖母にののしられ、少年は心傷ついた。少年が背負っている業が、そのことを見逃すはずがない。

ああ、もうあの人もいないのかと、少年は目を閉じた。

季節は巡り、冬となり、春となった。夏も過ぎ、秋が通り抜け、また冬となり、春となる。

その移ろいを、少年はただ一人、日々荒れていく寺から見ていた。自分のようなものは、他者と触れ合ってはならない。自分はこうやって孤独でいるべきなのだ。

そう言い聞かせていても、やはり寂しさは募った。なんといっても、少年はまだ幼かった。人の声が恋しかった。あの居心地の悪かった屋敷さえ、今となっては懐かしく思えるほどだ。

だが、どこにも行けない。身動きがとれず、泣くこともできず、少年はただただそこにいた。

歳月が過ぎていき、また秋となった。

秋はことのほか嫌いだった。人はおろか、鳥も獣も少年を忌み、この山に近づこうとしない。誰にも見向きもされない山の実りは、枝についたまま干からびるか、あるいは地面に落ちて無残に腐っていくかだ。それを見るのがたまらなく悲しかった。

ああ、冬のほうがずっといい。冬の山は雪に埋もれ、何もかもが静かに眠りに落ちている。他のもの全てが孤独になるから、自分の孤独が少し和らぐ気がする。

秋は嫌いだ。

ぼんやりと、舞い落ちる木の葉を見ていた時だ。かさりと、後ろで物音がした。

振り向いて、驚いた。

見たこともないほど大きな兎がそこにいた。体は犬よりも大きく、毛並みはまぶしいほどの純白だ。

生き物を見るのは久しぶりで、少年は兎から目が離せなかった。

一方、兎もまっすぐ少年を見ていた。だが、その賢そうな目はなぜか落胆したように曇(くも)ったのだ。

兎が向きを変えた。去ろうとしている。

その瞬間、少年は激しく思った。

行かないで！　まだ行かないで！

兎がほしかった。その柔らかそうな毛に触りたかった。手に入れたい。自分の手元に残したい。

自分に、こんな激しい感情があったことに驚いた。が、さらに驚くことがあった。

突然、兎が真後ろに吹っ飛んだのだ。まるで、何かに殴り飛ばされたかのように。

まさかと、少年は真っ青になった。

自分の業か？　これもまた、あの業のしわざなのか？　少年の願いを叶えようと、兎を殴ったのか？　そんなことを望んだわけではないのに。

「やめて！」

姿の見えぬものに叫びかけながら、少年は兎に駆け寄った。兎は気を失っていた。抱きかかえてみると、ずっしりと重い。

ほとんど引きずるようにして寺に運び、ぼろ布をしいた上に横たえた。もっとちゃんとした手当てをしてやりたかったが、これが精一杯だった。ここには薬も何もないのだ。
このまま死んでしまいはしないだろうか。
はらはらしながら少年は兎を見守った。
そして夜、少年はまたしても仰天するはめとなった。
日が暮れると同時に、兎の姿が消え、かわりに女が一人、その場に現れたからだ。

四

鈍い痛みと共に、玉雪は目覚めた。頭が朦朧として、最初はまぶたを押し上げても、目の前がかすんだ。

だが、徐々に視力は戻り、それと共に意識もはっきりとしてきた。

まず自分が部屋の中にいることに驚いた。荒れ果て、殺風景な一間だが、ここはまぎれもなく人の住まい。なぜこんなところにと思ったところで、気配を感じた。

横を見れば、あの少年が立ちすくんでいた。こぼれんばかりに目を見開いてこちらを見ている。少年の顔を見るなり、記憶がどっとよみがえってきた。

恐ろしさでぎゅっと身が縮んだ。自分を傷つけたあのおぞましい影は、この少年の背後から出てきた。少年が飼っているものに違いない。逃げたいが、体が重くて節々が痛くて、動けそうにない。

うつむき、ぶるぶる震えていると、少年が思い切った様子でささやいてきた。

「あなたは……あやかし、なのです、か？」

きれいな、透き通るような声だった。それを聞いたとたん、玉雪は恐れが消えていくのを感じた。

不思議なことに、少年の声に邪なものはいっさいなかった。少年がくりだしてきた影は、どっぷりと邪気に満ちていたというのに。

玉雪は顔をあげ、少年と向き合った。目鼻立ちの整った子だ。だが、顔色は悪く、そそけていて、翳りが色濃く浮かんでいる。きゃしゃな体つき、細い喉元もあいまって、見るからに幸薄げな様子だ。

興味深げに見つめてくる少年に、玉雪は言葉を返した。

「あい。あのぅ、あやかしです。あのぅ……こ、こんばんは」

少年はさらに驚いたようだったが、律儀に頭をさげてきた。

「こんば、んは」

言葉がたどたどしいのは、長い間一人でいたからだろう。その様子が痛々しくて、玉雪はもう少しやりとりを続けようと思った。本当はすぐにでもここから去りたかったが、そうしてはならないような気がしたのだ。優しく尋ねた。

「あたくしは、あのぅ、玉雪といいます。……あなたは？」

「私？」

きょとんとしたように、少年は首をかしげた。

「私は……あの、ごめんなさい。ちょっと思い出せない。あまり呼ばれたことがないし、名乗ったこともないから」

その孤独ゆえに、名前さえ忘れてしまったというのか。玉雪の胸が痛んだ。

一方、少年は少し嬉しそうだった。

「誰か、と話すのは、久しぶりです」

「……あたくしが、怖くないんですか？」

「最初は驚き、ました。いきなり、兎、が人になったから。でも……人、は、怖いけれど、あやかし、なら怖くないです。……玉雪、殿は強いです、か？」

「え？　あたくしが？」

見れば、少年の表情はひどく真剣なものになっていた。食い入るように玉雪を見つめてくる。

たじろぎながらも、玉雪は正直に言葉を返した。

「いえ、あのぅ、あまり強くはないかと……」

くしゃっと、少年の顔が歪(ゆが)んだ。

「それで、は、だめ、ですね……」

「えっ？」

帰ってくださいと、少年は小さく言った。声が震えていた。今にも泣きだしそうに、細い肩も震えている。

「あな、たはここに、いてはいけない」

「な、なぜですか？」

「弱いと、わ、私の、業に食われ、てしまう、から」

「業？」

「私は、呪われ、ているので、す。は、早く、帰ってく、ださい」

少年は玉雪に背を向けた。

今度こそ、玉雪は息を呑んだ。

ぬるりとした闇が、少年の背中に張りついていた。少年を後ろから抱きすくめているのだ。

そやつは少年の背中に張りついたまま、玉雪を見ていた。まばたきもしない、黒々とした視線。じりじりと焼け焦げるような、こちらの体に穴をうがってくるような、強烈で、禍々(まがまが)しい視線。そこに敵意はまだない。だが、疑っている。玉雪が敵かどうかを、見定めている。もし、ほんの少しでも玉雪が動きを間違えれば、玉雪に襲いかかってくるだろう。

これが、少年が言っている業というものか。

玉雪は恐怖に全身がかたまった。少年がこれほど孤独である理由も、わかった気がした。この闇の放つ憎悪と疑念に、周囲の人は傷つけられ、少年から離れていったのだろう。自分も早くここから離れなくては。闇のまなざしが届かぬ場所まで、逃げなくては。

そろりと、玉雪は音を立てないようにしながら、身を起こした。体はまだ痛むが、這いずってでもここから逃げるつもりだった。とにかく、少年の背中にいる闇が怖くてたまらなかったのだ。

玉雪が去る気配を感じたのだろう。少年はこちらを見ないようにしながら言った。

「……ごめん、なさい」

「………」

「玉雪殿、を見た時、いいな、と思ってしまった、んです。あんなにきれい、な兎は、見たことがなか、ったから」

自分が望んだから、自分がもっと手元に引きとめたいと思ったから、玉雪は襲われたのだと、少年はか細い声で打ち明けた。

「あんなこ、と、願ってはいけ、なかったんです。私は、何も考え、てはいけない、のに。

……傷つけ、てしまって、ごめんな、さい」

玉雪は言葉に詰まった。

なんと悲しいのだろう。なんと寂しいのだろう。まだこんなに幼いのに、何も考えてはいけないと、自分の心を縛ろうとして。

その時まで、玉雪はただただ恐ろしくて、逃げだしたくてたまらなかった。だが、少年の言葉を聞き、むくりと心の底からもたげてきたものがあった。

怒りだった。

玉雪は元来、穏やかな気性だ。悲しんだり愛(いと)おしんだりしたことはあっても、怒ったことはあまりない。だが、その時に感じたのは、まぎれもない激しい怒りだった。

玉雪は、少年の闇を睨(にら)んだ。恐らく、これは少年の心の動きを敏感に感じ取り、そのとおりに動くのだろう。少年がほしがるものを与えようとし、少年をわずかでも傷つけたものには報復する。そうやって、この子を守っている。

だが、それは間違ったやり方だ。その証拠に、少年はなんと不幸であることか。自分の目の前で絶望の色を浮かべて落ちていった智太郎が、少年に重なって見えた。

助けたい。救いたい。不幸な子供を見るのはもういやだ。

ごくりとつばを飲みこみ、玉雪はささやきかけた。

「……助けて、ほしいですか？」

びくっと、少年の肩が震えた。

「助け、る……？」

「あい」

少年は頭を横に振った。何度も、何度も。

「それは、無理、です」

「でも、あのぅ、やってみないと」

「……何人、もの人が、憑き物落とし、をやりまし、た。呪い返しの、術も」

だが、それらは全て無駄だったという。

少年はあきらめきった様子でうなだれた。

「私は、もう、いいのです。何も望まな、ければ、ここでの日々も悪く、はない、から。何も感じなけ、れば、人からののしら、れることも、恨まれるこ、ともないし……もう、いいのです」

「そんなこと、言わないでください。ね？」

玉雪は食い下がった。この少年をこのままにしてはおけなかった。

「あたくしは、あのぅ、あやかしです。力弱くとも、あやかしにはあやかしにしか見えないもの、わからないものもあります。仲間に尋ねれば、あのぅ、その背中のものを祓う方法がわかるかもしれませんから」

助けさせてください。玉雪は心をこめて頼んだ。その熱意にうながされるように、少年の目にもうっすらと希望の光が浮かんできた。

「本当、に、できるのですか？」

「わかりません。でも、あのぅ、まずはやってみないと」

「……そう、ですね。やって、みないと……」

数日の猶予をくれと、玉雪は言った。

「あちこちに聞いてきますので、あのぅ、ちょっと時間がかかると思うんです。それでも三日ほどで戻ってこられると、思いますから」

「はい。ではあの……戻ってき、てください」

待っていますと、少年は初めて笑った。ちらっとした、ほんのかすかな笑み。だが、きれいな無垢な笑み。

胸の奥がほっこりするのを感じながら、玉雪は寺を出た。

そのまま、あやかし達のもとを巡った。

古木の長老、年老りた妖亀の隠者、物知りな巻物の付喪神。少年のこと、少年の闇のことを知っていそうな相手を、玉雪は片っぱしから訪ねた。

だが、なかなか手掛かりはつかめなかった。時が駆け足で過ぎていくばかり。

三日ほどで戻れるなどと、安請け合いをするのではなかった。

玉雪は悔やみながら、それでも辛抱強く聞き回った。そしてようやく、それらしきことを知っていそうなあやかしに出会った。

鈴白の姥狐。齢五百と、高齢な妖狐で、雪原にひっそりと暮らすあやかしだ。

玉雪が訪れた時、姥狐は気品のある老女の姿で出迎えてくれた。着ているものは、渋みのある銀の衣。その目も髪も同じような銀色であった。

玉雪はまず丁重に突然の訪問をわび、そのうえで自分の目的を話した。

「そんなことを知りたくて、わざわざこんなところまでおいでになるとは。玉雪殿は酔狂なあやかしでいらっしゃる」

姥狐の声は、銀の鈴を思わせるほど麗しく澄んでいた。

目を見張る玉雪に、姥狐は笑った。

「ふふふ。わたくしは今でこそ隠居の身ですが、昔はあまたのお屋敷に乳母としてお勤めしたものです。人にもあやかしにもお仕えしました。いずれのお子達も、みな、わたくしの子守唄が大好きで、歌ってくれと、それはもうねだってきたものです」

昔を思い出してか、姥狐のまなざしが遠くなる。玉雪は慌てて話を戻した。

「ほんに美しいお声でいらっしゃいます。あたくしにも何か歌っていただきたいほどです。ですが、あのぅ、まずはお話ししてはいただけませんか？」

「ああ、これは失礼を。西の山寺の鬼子、のことでしたね？　ええ、ええ。存じておりますよ」

思わず前のめりとなる玉雪に、姥狐はゆっくりとあの少年の話をしてくれた。それはそれは恐ろしく、そして悲しい話だった。

聞き終えた時、玉雪は青ざめていた。息をするのもつらいほど、胸が苦しくなっていた。姥狐の前でなかったら、ばったりと倒れ伏していたかもしれない。

必死で心の中で荒れ狂うものを抑えようとしていた時だ。ふいに姥狐が何か叫んだ。同時に、背後からすさまじい殺気を感じた。

振り返れば、見覚えのある闇がいた。深く、禍々しく、憎悪に満ち、玉雪をねめつけている。

しまったと、玉雪はほぞを嚙んだ。すでに寺を出て四日目となっていた。少年との約束を破ってしまったことが、この闇を動かしたに違いない。だが、まさか、ここまで追ってくるとは。

圧倒的な殺気を受けて、自分は死ぬのだと思った。

同時に、死んでたまるかとも思った。

少年のことがわかった今、ここで果てるわけにはいかない。なんとしても生きたかった。

この闇の爪は鋭く、その一撃は必殺のものだろう。それでも、躱さなくては。

だが、玉雪が立ちあがるよりも早く、闇は玉雪に襲いかかってきた。

五

少年は寺の庭に立ち、夜空を見上げた。漆黒(しっこく)の空には、太めの半月が浮かんでいた。あの不思議なあやかしと言葉を交わした夜は、満月だったのに。夜な夜な欠けていく月は、そのまま自分自身の希望のようだった。

もう五日目になるのに、玉雪と名乗ったあやかしは戻ってこない。いや、そもそも戻ってくる気などなかったのかもしれない。

そう思うと、じくりと胸が痛んだ。

玉雪の、ほんわかとした丸顔。優しげで真摯(しんし)な目。助けさせてくれと言った時の、熱のこもった声。あれが嘘だったと思いたくない。だが、やはり騙(だま)されたということなのだろう。玉雪は戻ってこないのだから。

何度目かわからないため息をつき、少年は秋草がぼうぼうに生えた地面に座りこみ、両膝をかかえこんで、顔を伏せた。もう何も見たくなかった。寂しい月を見るのも、荒れた庭を見るのも、たくさんだ。ずっとこうしていよう。そのほうがいいのだ。

卵のように丸まる少年に、漆黒のものが寄り添っていた。少年は気づいたことはないが、それはずっと少年のそばにいた。しゅるしゅるとうごめく細いものを少年の体中にからみつけ、優しくささやいていた。

大丈夫だと。自分がいる限り、守ってあげるからと。

少年にその声が届くことはないが、黒い影は飽くことなく、まるで子守唄を歌うように少年にささやき続ける。

だが、そのささやきがふいに止み、影は醜い金切り声をあげた。

来るな！　こちらに来るな！

叫びの向こうに現れたのは、玉雪だった。

気配を感じたのか、少年は顔をあげた。玉雪を見て、ぱっとその目が輝いた。

「玉、雪殿！」

「期日を過ぎてしまって、あのぅ、申し訳ありません。でも、こうして戻ってまいりましたよ……安天様(あんてん)」

雷に打たれたように、少年は立ちすくんだ。口元が、手が、わなわなと震える。そんな少年に噛んで含めるように、玉雪はゆっくりと言葉を続けた。

「あい。あなたは、安天様。京の都の、やんごとなき血筋を引く生まれでいらっしゃいます。思い出せますか？」

「安天……」

ああっと、少年は目を閉じ、細いあごを上に向けた。

そうだった。そういう名前だった。ずっと昔、そう呼ばれていた。

「思い、出しました。私は、安天……でした」

「あい」

「私は……大き、な屋敷に住んでい、て……でも、追い出さ、れました。おばあさまに、出ていけと言わ、れて……」

「あなたの業のせいですね？」

「はい。……私のせ、いで、父様も亡く、なってしまったから」

「そのようですね。でも、それはあなたのせいじゃありません」

きっぱりとした玉雪の言葉に、安天は目を見張った。

「その業は、あなたが生まれ持っているものじゃないんです。あのぅ、調べてわかりました。それは、あなたにあとからとりついたもの。あなたに罪など、一つもないんです」

絶句している安天から、玉雪はすっとまなざしをずらした。安天の肩越しからこちらを睨みつけてくる闇を、厳しい目で見返したのだ。

あいかわらず禍々しい。いや、前よりもさらに強烈な憎悪を感じる。それでも襲ってこないのは、安天が玉雪のことを好いているからだ。その気持ちが玉雪を守り、闇に手出しをさせないようにしている。

玉雪を引き裂きたくて、ぐねぐねと身悶える闇。そのおぞましさ、無数の触手の先から毒のような憎しみがしたたっている様は、恐怖するに十分すぎるものだ。

だが、玉雪はもう怖いとは思わなかった。玉雪は怒っていたのだ。それは恐怖を上回る力となって、玉雪の中に満ちていた。

「あなたは、清子様とおっしゃるのでしょう?」

玉雪のりんとした呼びかけに、ぴたりと、闇が動かなくなった。人でいうなら、はっと息を呑んだ感じだ。

こわばる闇に向けて、玉雪は一人の女の物語を語りだした。

昔、都でも一、二を争うほどの栄華を誇る一族がいた。

その屋敷はさながら天子のおわす御所のような見事さ。広い庭園には四季折々の草木が植えられ、美しい女達がまるで蝶のように華やかに集い、笑いさざめいている。

遠方からの珍味、貴重な貴石、異国の獣皮。この一族が望んで手に入らないものはないとさえ言われた。

だが同時に、一族には黒い噂が常に付きまとっていた。

あれは魔物と取引をした一族。数々の名誉や富は、魔物に自分達の赤子を捧げているがゆえ。いや、あれは鬼と交わって生まれてきた者達の末裔。彼らの体に流れるのは、人とは違う黒い血だと。

むやみに近づいてはならない。交わってはならない。

人々の陰口、妬みにさらされ、少しずつ一族は衰退していった。時を同じくして、生まれてくる赤子の数もぐっと減った。病弱な者も増えていき、しまいにはほんの一握りの者達が残った。

自分達の血筋にしがみつき、先祖が築いた栄光をふたたび手に入れたいと切望する者達。

そんな時に、一族の当主に娘が生まれた。男児でなかったことに、父親は落胆した。強い男であれば、見る影もなく没落した家をよみがえらせられたかもしれないのに。

いや、待て。あきらめるのはまだ早い。娘であっても、手はないわけでない。良縁に恵まれれば、そこで子孫を増やせば、いずれ自分達はふたたび富を得られるはず。

清子と名づけられたその娘は、異様な教育のもとで育っていった。大人達はかつての繁栄ぶりを事細かに幼い清子に語った。

大きな屋敷。数え切れないくらいの使用人。百の花が植えられた庭。玉石(たまいし)を敷き詰めた池にかけられた、艶(つや)やかな朱塗(しゅぬ)りの橋。

あまりに語り聞かされたせいで、清子はまるで自分が見てきたかのように、そういうものを頭に思い浮かべるようになった。そして、それをふたたび取り戻すのが自分の使命と、信じて疑わなかった。

自分は誇り高き一族の末裔。そして新たなる一族の母となるのだ。

その信念のもと、十五の春に、清子は嫁いだ。自分よりもはるかに格下の、だが裕福な家に。

夫と夫の家族に情がわくことはなかった。彼らはしょせん、下々(しもじも)の者だ。だが、一人では子を作ることはできない。

清子は我慢して、夫を受け入れた。屈辱(くつじょく)に唇を噛みながら、ひたすら子ができることだけを願った。

その執念は実り、一年後、清子は子を一人産み落とした。嬉しいことに、男児だった。一族の血を受け継ぐ子だ。この子さえいれば、没落した家を復活させられる。役目を果たした喜びに、清子は狂喜した。

だが、誤算があった。生まれてきた子は、病弱だったのだ。

この子は大人になるまで生きられないだろうと医師に言われ、清子は奈落に突き落とされるような絶望を味わった。

ならば、別の子を産もう。もう一人、いや、二人でも三人でも、強い子を産まなければ。そう思ったが、すでに夫は清子の寝所へは通ってこなくなっていた。心を開かぬ清子よりも、もっと心細やかな情の深い女のもとに入り浸るようになっていたのだ。

その女にも子供が生まれたと聞いて、清子はますます心乱れた。嫉妬からではない。我が子の地位と富を脅かす敵が生まれたことに、恐怖したのだ。しかも、その敵はこれからも増えることだろう。なのに、清子はたった一人の子供しかいないのだ。

では、どうする？ どうしたらいい？

答えは一つだった。

なにがなんでも、我が子を生かすのだ。増やせないのであれば、このただ一つの希望を守りきるしかない。

追い詰められた清子は、一人の祈禱師(きとうし)のもとを訪ねた。えげつなく、金に汚いと、評判の良くない男であったが、その呪詛(じゅそ)の腕前だけは確かだと、もっぱらの噂であった。

祈禱師は、渡された金の粒を数えて、にまっと笑った。そして清子の半ば狂った目をのぞきこみ、特殊な呪（じゅ）のかけ方をささやいた。

それは、正気の者ならば、誰でも身震いし、怖気づくようなものだった。だが、清子は目を輝かせた。それで我が子を生かせるならば、何を恐れることがあろうか。

そして……。

その翌朝、屋敷の者達は、冷たくなっている清子を部屋で見つけるはめとなった。

清子は血まみれで、両手の指が全てなくなっていた。口が真っ赤に濡れているところを見ると、恐らく自分で嚙み切ったのだろう。なぜか、横で転がって泣いている赤子の口にまで、血がついている。

とにかく、恐ろしくておぞましい何かが、この部屋で行われたことは間違いない。

下人の一人が勇気を振り絞って、部屋に入った。敷居をまたぎ、赤子を抱き上げる。幸いにして、赤子はどこにも怪我はしていないようだった。

だが、ほっとしたのも束の間、下人達は今度こそ絶句した。

赤子の白い背中には、赤い目玉が二つ、張りついていたのだ。

いや、それは手のひらの跡だった。指のない手のひらが二つ、赤子の背中にぬらぬらと光る血で押しつけられてあったのだ。

誰かが悲鳴をあげると、みんなが悲鳴をあげ始めた。

赤子を放り出して逃げだした下人は、翌日に死んだ。

以来、その屋敷では頻繁(ひんぱん)に怪事が起こることになる……。


話し続ける間も、玉雪は安天の後ろに張りつく闇から目を離さなかった。

今や闇は激しく揺れていた。唸(うな)り声すら発していた。苦しげな、獣のような唸り。正体を暴かれ、自らもそれを思い出し、苦悩している。

あと少しで、闇の鎧(よろい)は崩れ、中に隠れているものを引きずり出せるはず。その最後のひと押しの言葉を、玉雪は放った。

「……あなたは自分の命を使って、我が子に呪をかけた。自ら鬼となり、あのぅ、我が子の守護者となられた。これがあなたの物語。そうなのでしょう、清子様?」

ぴしっと、闇の表面に小さなひびが入った。それは見る間に蜘蛛(くも)の巣のように広がり、ついにはぼろりぼろりと、小さなかけらとなって剝がれ落ち始めた。そうして、その下に隠されていたものがあらわになった。

現れたのは、女だった。小柄で、まだたいそう若い。ほとんど少女のようだ。白い寝間着だけの姿で、長い黒髪は乱れ、肩で激しく息をしている。安天の首に両腕を巻きつけているが、その手に指はなかった。全部なくなっており、傷口からはいまだにたらたらと鮮いた。

女は顔をあげた。その顔は安天と生き写しだった。だが、安天にはない狂気で歪んでい血がしたたっている。

「う、ううっ、おぅ……」

女の青黒い唇から、しわがれたうめき声がもれていく。獣じみた恨みの声だ。

なぜ邪魔した。なぜ邪魔をする。せっかく全てがうまくいっていたのに。

女のうめきを受けて、玉雪はかぶりを振った。

今の今まで、玉雪は怒っていた。鈴白の姥狐から清子の物語を聞いた時からずっと、その身勝手さ、理不尽さに怒っていた。だが、こうして清子を目の当たりにすると、怒りも失せてしまった。闇の衣をはぎとられた清子の、なんと痛々しいことか。

今、玉雪が感じているのは憐れみだけだ。その憐れみをこめて、玉雪は言った。

「安天様のために、あなたは自ら鬼になられた。そうすることで、安天様のことを守ろうとしたんでしょうね。悪口や痛み、あのぅ、とにかく全てから……でも、あなたのやり方は、あのぅ、間違っていたんです」

なぜと、清子の淀んだ目が玉雪を見る。理解していない様子だ。

「あなたは確かに安天様を守っていたのかもしれません。でも、それは安天様を孤独にした。あなたに襲われることを恐れて、誰も安天様に近づかなくなってしまったから。あのぅ、わかりませんか？　あやかしと違って、人は一人では生きられないんです。子供であれば、なおさらに」

決して死なせない。そのことに執着するあまり、清子は安天の幸せにはかまわなかった。それは罪だと、玉雪は言いきった。

「でも、あたくしが本当にひどいと思うのは、あのぅ、そこじゃないんです。……あなたは母として、あのぅ、子供を守りたかったわけではないのでしょう？　安天様は、あなたがなりたかった存在そのもの。つまり、あなたはあなた自身を守りたかったということです」

鬼となった清子がこの世にとどまるためには、どうしても我が子の存在が必要だった。だから、女郎蜘蛛が獲物をかかえこむように、母は子を捕えた。子を守るという名目で、安天の苦痛をあめ玉のようにしゃぶり続けた。我が子の悲しみ、孤独を糧にして、清子は強くなったのだ。

浅ましい真実を突き付けられ、いやいやと、清子はまるで子供のように頭を振った。顔は苦悶に歪んでいた。

違う違う。なぜそんなことを言うの？　わたくしはただ務めを果たしただけ。わたくしは一族の命運を担っていたのだもの。なぜ責めるの？　そんな、ひどい。お父様。お父様、清子はがんばったのです。褒めてくださるでしょう？　お父様なら褒めてくださるでしょう？

錯乱している清子に、玉雪はそっとささやいた。落ち着いてと。その声はとても優しかった。

「落ち着いてください。あなたを責めるつもりなんて、あのぅ、ないんです。だって、あなたも寂しい子供なんですから」

驚いたように凍りつく清子に、玉雪は微笑みかけた。

「母になるには、あなたの心は幼すぎたんです。今でも、あなたは子供でいらっしゃる。本当はずっと、暗闇の中で声をあげて泣いていたのでしょう？……もうやめましょう。泣くのも寂しがるのも、あのぅ、今宵でおしまいにしましょう。あなたには抱きしめてくれる人が必要なんです。優しくあやしてくれる人、ずっとそばにいて、あなたに子守唄を歌ってくれる人が」

そんな者はいない。いるわけがない。

清子の目から絶望の涙がこぼれだした。赤い血の涙が、真っ青な頬を醜く穢していく。

そんな清子を、玉雪はなだめた。

「大丈夫です。あなたは子供なんですから。子供は守られ、愛しまれるもの。だから、あのう、あなたを預かってくださる方をお連れしたんですよ」

玉雪は後ろを振り返り、呼びかけた。

「うぶめ様」

ふわあっと、その場が白く淡い光に満たされた。柔らかく、春のうららかな日差しを思わせる温かな光。

そこに一つの顔が浮かび上がった。たとえようもなく優しく、深い慈愛に満ちた〝母〟の顔だった。

〝母〟が清子の名を呼んだ。いらっしゃいと。

こちらにいらっしゃい。守ってあげるから。もう一人にしないから。望むままに、ずっとずっと抱きしめてあげるから。

その声は、まるで琵琶の音色のように清子の心に響いた。

ああ、もう大丈夫なのだ。もう自分ががんばることはないのだ。

そう悟った清子は、安天に回していた両腕をゆっくりと解いた。そして、一歩、また一歩、〝母〟へと近づいていった。

辿りついた清子を、〝母〟は羽毛のように柔らかな腕でしっかりと抱きしめてくれた。

いままで感じたことのない喜びと安らぎが、清子の中に満ちてきた。
満足の吐息をつきながら、清子は目を閉じた。
幸せ。とても幸せ。
そう感じながら、光の中に溶けこんでいき、やがて消え去った。

六

安天は茫然としていた。

玉雪が話している間、ずっと体が動かなかった。

黙って聞いていると、突然、なんともきれいな光が現れた。柔らかくて、温かそうで、思わずそこに飛び込みたいという衝動にさえ駆られた。

結局体は動かぬまま、光は消えてしまった。だが、その瞬間、安天は確かに見たのだ。美しい顔が光の中に浮かび、ほんの一瞬だけこちらを見て、微笑みかけてくるのを。

もう大丈夫だから。

小さな声が頭の中に響いた気がした。

だが、もっとよく見ようと目を凝らした時には、すでに顔も光も消えてしまっていた。

「母様……」

つぶやく安天に、玉雪が寄り添った。

「見えたんですか？」

「はい。一瞬、だけでした、けど……母様はずっといた、のですか？　私の、そばに？」

「あい」

「私の業は、母様だった……」

「あい」

「私は、全然気づ、かなかった」

そういうものですと、玉雪はうなずいた。

「鬼になるというのは、そういうことなんですよ。力を得るかわりに、あのぅ、大きな代償を払うことになる」

誰よりも近く寄り添いながら、母の姿は我が子には見えず、声も届かない。子供の孤独はいや増すばかりであったというのに。

安天はうなだれながら尋ねた。

「私は……愛されてい、たのでしょうか？」

「で、でも、玉雪殿、はさっき、母様は自分のために鬼になった、と……」

あいと、玉雪はきっぱりと言った。

「あれは本当のことです。でも、あのぅ、形は異様であっても、清子様があなたを愛しんでいたことも、間違いないと思います。清子様は自分ではそれに気づけなかっただけ。気の毒な方だったんです。家のため、一族のためと、それだけしか教えられてこなかったんですから」

「かわいそう、ですね」

「ええ。ほんとに」

しばらく黙りこんだあと、安天はふたたび口を開いた。

「母様は、どうなるの、でしょうか？」

「うぶめ様に預かっていただきましたから、あのぅ、もう大丈夫です。うぶめ様は、子を守り、愛するあやかし。うぶめ様の懐(ふところ)で、清子様は満足されるまで抱かれるでしょう。そして、心満たされたら、あのぅ、その時は行くべき場所にちゃんと行けると思います」

「そう、ですか」

よかったと、安天はほっとしたように笑った。

同じように笑い返しながら、玉雪は尋ねた。これからどうしたいかと。

「もうあなたは自由の身なんです。あなたを縛っていたものは、あのぅ、全て消えたんです。だから、やりたいことをやっていいんですよ」

「やりたい、ことを……私、が……？」

「あい。お望みなら、うぶめ様のところにもお連れできますよ。あのぅ、清子様と一緒に安らかに眠りたいですか？」

安天は少し迷った。母と共に眠りにつく。それはとても魅力的だった。だが、できることなら、もう少し、何か他のことをしてみたい気がする。

ふと、頬を秋風が撫でていくのを感じ、安天は空を見た。

「私は、よく思って、いたのです。風になれた、ら、いいのに、と。風なら、どこへでも、行けるから。……玉雪、殿。私は、風になりたい、のですが」

「では、おなりなさい」

間髪をいれず、玉雪はうながした。

「風になって、あちこちをいっぱいいっぱい見てきてください。難しく考えることはないんです。ただ望めばいいんです。そうすれば、あのぅ、あなたは風になれますから」

「望む……望めば、いいんです、ね」

それは少年に禁じられてきたことだ。本当に自由になれたのだと、安天は初めて感じた。なろう。風に。どこまでも駆け抜ける疾風に。私はなりたい！

だが、一歩踏み出そうとした時、安天はまだ言い残したことがあることを思い出した。急いで玉雪のほうを振り返った。

「玉、雪殿」

「あい？」

「この寺、の、裏山に、大きな栗林、があるのです。誰も来ないので、私は、勝手に私の栗林、と名づけていまし、た。もしよかった、ら、この栗林をもらって、ください」

「いいんですか？」

「はい。玉雪殿、の、ために、栗の実がいつもたくさんつ、いてほしいと、願いま、す」

過去の日々を見つめなおすかのように、安天は周囲にまなざしを送った。あれほど嫌いだった秋の山の風景を、今初めて美しいと思った。

「私は、秋が嫌い、でした。誰も来ないの、に、木々や実が色づいて、地面に落ちて、腐って、いく。それを見る、のが、たまらなくいやで……でも、やっと秋が好きに、なれまし、た。玉雪、殿に出会えた、季節だから」

「安天様……」

安天が玉雪を振り返った。はかない表情ばかり浮かべていたその顔は、花がほころびるように笑っていた。

「行って、きます、玉雪殿」

「あい。行ってらっしゃいませ」

少年は走りだした。両腕を広げ、まるで巣立ちの雛(ひな)が羽ばたくように風に身をまかせる。

そうして……。

消えたのだ。

玉雪はそのまま安天が消えた方を見つめていた。と、背後から背の高い男が現れた。空恐ろしいほどの美貌を赤い半割の面で隠し、三本の銀の尾をひらめかせる男。

玉雪は心底驚き、声をあげた。

「つ、月夜公様！　見守っていてくださったんですか？」

馬鹿を言うなと、月夜公は鼻で笑った。

「気が向いて、たまたまここに来ただけじゃ。……まあ、確かに少しは気にかけておったがな。あの鬼めはかなりの妄執におおわれておったからの。せっかくばば殿のところで助けた小妖怪に、こんなところで死なれては、さすがに気持ちよいものではないわえ」

そう。鈴白の姥狐の住まいで襲われた玉雪が助かったのは、ひとえに月夜公のおかげだった。

あの時、突如現れた月夜公は、その腕の一払いで、玉雪を引き裂こうとしていた清子の影を追い払ってくれたのだ。

玉雪は深々と頭をさげた。

「月夜公様……お力添え、本当にありがとうございました。命を助けていただいたうえ、あのぅ、うぶめ様との橋渡しをしていただいて」

「ふん。そう恩に着ることはないわ。吾がうぬを助けたのは、うぬが吾が乳母であったばば殿の客であったからじゃ。客に死なれては、ばば殿が気の毒じゃからの。そのまま、うぬと鬼の話を聞いたのはただの偶然。うぶめを呼ぶことに至っては、単なる気まぐれにすぎぬ。しかし……よかったではないか、あの子供が無事に逝って」

「はい。もう長いこと、ずっと縛り付けられていましたから。あのぅ、とても嬉しそうに笑っていました」

「うむ。吾も見た。……思えば哀れな子じゃな。母の執念で産み落とされ、母の執念によってこの世に縫いとめられていたのじゃから。恐らく、自分の命がとうに尽きていることにも、気づいておらなんだであろうよ。うぬは二人、救ったことになるな」

「い、いえ、あたくしは、そんな……あのぅ、と、とんでもないことで」

慌てる玉雪に、ふふんと、月夜公はまた鼻で笑った。

「まあよいわ。吾はそろそろ引き上げる」

「あ、あのぅ……」

「なんじゃ？」

「安天様があたくしに、あのぅ、栗林をくださったのですが」

「ああ、そんなことを申しておったの」

「……あたくしなどがもらってしまって、本当にいいのでしょうか？」

知らぬと、月夜公はそっけなく答えた。

「そんなことは知らぬ。うぬがもらったものじゃ。うぬの好きにすればよい」

そう言って、月夜公は去った。

一人残った玉雪は、ゆっくりと裏山のほうに目を向けた。わずかの出会いだったが、それでも安天のことは忘れない。来年も、そのまた次の年も、きっとここを訪ねよう。風となった少年に、「今年はどこへ行きました？　あたくしのほうは、こんなことがありましたよ」と告げるために。

そう決めて、玉雪もその場を立ち去った。

玉雪の話はそこで終わった。

それまで息を詰めて聞き入っていた弥助は、恐る恐る尋ねた。

「それじゃ、その安天って子は……幽霊、だったってこと？」

「あい。たぶん、たった一人で寺に残され、あのぅ、飢えと寒さで亡くなったんだと思います」

「……なんで気づかなかったんだろう？　その、自分が死んだってことに？」

「………」

口を閉ざす玉雪のかわりに、横にいた千弥が静かに言った。

「たぶん、母親のせいだろうね」

「母親？」

「そう。清子という女さ。その女が、死んだ子供の魂を捕まえてしまったのさ」

「ど、どうして？」

「自分がこの世にとどまるためだよ」

千弥は侮蔑に満ちた冷たい笑みを浮かべた。

「清子は子供を守るために鬼となった。だが、守るべき子供がいなくなれば、自分ももはや存在できなくなる。そうならないよう、子供の魂を自分に縛り、あたかも生きているように思わせた。……安天という子供は、ずっと母親によって操られていたんだよ」

「……その糸を、玉雪さんが切ったんだね」

二人に見つめられ、玉雪は顔を赤らめた。

「そんな立派なことでは……あのぅ、月夜公様がお力を貸してくださったから、できたことでしたし」

「そんなことない。玉雪さんがやったんだ。いいことをしたんだよ。……それじゃ、今日、寺の前にいたのは……安天に話しかけていたんだね？」

「あい。色々と報告をしてたんですよ。あのぅ、風に乗って、きっと安天様のところに届くと思いますので」

「そうだね。……で、何を話したんだい？」

興味津々の顔をしている弥助を、玉雪は慈愛の目で見返した。

安天との出会いから、すでに数年が経っている。その間に色々なことがあったが、一番の大きな出来事は、捜していた子供を見つけられたことだ。

かわいいかわいい智太郎。もう智太郎という名前ではなくなっていたけれど、ちゃんと生きて、元気に育っていた。そのことがとにかく嬉しい。

あたしも、あたしの幸せを見つけましたよ。

今日は安天にそう伝えてきたのだ。

だが、それは安天と自分だけが知っていればいい。だから、玉雪はにっこりと笑って、

「それは秘密です」と言ったのだ。

冬の空に月は欠け

一

銀の粉雪が舞い散る夜、王妖狐族の長のもとに双子が生まれた。まずは姉が産声をあげ、それからほどなく弟があとに続いた。

うぶ着に包まれた二人を見た者達は、なんと愛らしい赤子かと、ため息をついた。

珠のようなとは、まさにこの子らのことをいうのだろう。赤子の時ですらこれほど愛らしいのだから、成長したらどうなることか。きっと老若男女の心を騒がせることになる。

赤子達は瓜二つであったが、一つだけ簡単に見分けられるところがあった。姉君の尾は一本で、弟君の尾は三本あったのだ。

王妖狐にとって、尾の数はそのまま妖力の強さを表す。この弟君が次の長になることは、疑いようもなかった。

一族の喜びは大きく、双子は宝物のように大切に守られ、すくすくと育っていった。

育つにつれて、双子の美しさはますます磨きがかかっていった。よく似ている二人であったが、美しさの質はそれぞれ違っていた。

誰にでも優しく、常に微笑(ほほえ)みを浮かべている姉君。

りんとした姿勢を崩さぬ弟君。

姉が真珠(しんじゅ)なら、弟は月。まさに眼福(がんぷく)の双子だと、周りの者達は二人のことをそう称した。

だが、周囲のそうした賛辞を、双子はあまり気にしていなかった。ことに、弟君のほうは。

彼は少々変わっていた。物心ついた頃から、大事なものとそうでないものとの区別が激しかった。大事でないものは本当にどうでもよく、一瞥(いちべつ)をくれてやるのも面倒だった。その一方で、大事なもの、愛しいものに対する想い、執着は強い。

そして、彼がもっとも大切にしているのが、他ならぬ双子の姉だった。

「もう少し笑ったほうがよくてよ」

姉、綺晶(きしょう)はよくそう言った。

そのたびに、弟、雪耶(ゆきや)は反論した。

「笑うべき相手にはちゃんと笑っています」

「そうかしら？　その相手というのが、ずいぶん偏(かたよ)っているように思えてしかたないのだけれど。……あなた、わたくしにばかり笑っていない？」

「それで十分でしょう?」

実際、姉に対しては、彼はよく笑った。いつもは凍土(とうど)のように冷淡な顔が、にっこりと、心底嬉しそうにほころぶ。整いすぎている美貌だけに、笑顔となれば、衝撃的なほどの威力を持つ。

「まったくしょうのない子」と、笑い返しながらも、綺晶は弟のことが少々心配だった。もう少し弟が自分以外の相手に心を開いてくれればいいのにと。

あやかしの中でも名高い王妖狐。雪耶はいずれはその長となる身だ。それに加えて、他者を圧倒するこの美貌。雪耶に恋する娘は星の数ほどいるという。なのに、どのような可憐な娘も、どのように艶(つや)やかな美女も、雪耶の目には入らぬようだ。雪耶様の姉上になりたいと、嘆く若き女達がどれほどいることか。

「あなたのお嫁様はどんな方になるのかしら? そう言えば、王蜜の君とはいかがなの? この前、お会いしたのでしょう?」

「ああ、あれはおもしろい姫ですね。私に興味のないところが大変気に入りました。なよなよしたところがなく、色目を使ってこないので、こちらとしては話していておもしろいです」

「……」

どうやら弟の相手としては、大妖(たいよう)の姫君ですら不足らしい。綺晶はため息をついた。

そんな姉に、雪耶が心底不思議そうに尋ねた。

「どうして姉上は、そのように私に恋をさせたいのです？」

「そのほうが楽しいでしょう？」

「いいえ、別に。姉上がいてくだされば、私はそれで十分なので」

「……せめて、お友達ができればねぇ。あなたときたら、あの人は嫌い、この人は退屈だと、相手を拒むばかりで。このままでは一人になってしまうのではと、わたくしは心配なの」

「一人？」

おかしなことを言いますねと、雪耶は笑った。

「私には姉上がいるではありませんか。一人になぞなるわけがない」

自分達は双子。決して別たれることはない。そう言いきる弟に、姉は少し複雑な表情となった。

「そうね。……わたくし達は双子。その絆(きずな)が壊れることはないでしょう。でも、未来永劫、まったく同じままではいられないと思うの」

「え……？」

「わたくし以外に、時を過ごして楽しいと思える相手を見つけなさい。そうすれば、わたくしは安心できるから」

「……努力いたしましょう。それで、姉上が安心できるのであれば」

雪耶は約束した。

だが、その約束が果たされるのは、ずいぶん先のこととなる。

二

姉がいつのまにかいないことに気づき、雪耶は思わず舌打ちした。

時折、まるで気まぐれを起こした子供のように、綺晶は何も言わず雪耶のそばから離れることがある。こういうことをされるのは、雪耶は好きではなかった。自分の目の届かない場所、知らない場所に、姉がいると思うと、いてもたってもいられなくなるからだ。

苛立ちながら、雪耶はすぐさま姉の気配をたどった。

綺晶は庭にいた。冬の冷たい空気の中、龍のように太い大松の枝に腰かけ、ちらちらと舞い落ちる雪を見ていた。

近づいてくる雪耶に気づき、綺晶はいたずらっぽく笑った。

「ああ、見つかってしまったわね」

「またそのようなところに……寒くないのですか?」

「寒くないわ。むしろ、冷気が心地よいくらい。冬は好きよ。りんとして、何もかも張りつめていて……それでいて、とてもきれいなのだもの」

きれいなのは姉上だと、雪耶は目を細めながら綺晶を見つめた。さながら雪の精のように、きらきらと輝いて見える綺晶。いまさらながらに大切に思う気持ちがこみあげてくる。

そんな弟を、綺晶は手招きした。

「あなたもいらっしゃいな、雪耶。高いところから見る冬景色は、また格別の風情があってよ」

姉の誘いは断らない。

雪耶はひらりと跳躍し、姉のいる枝に降り立った。

なるほど、確かによい眺めだった。見慣れた庭は白い雪におおわれ、大きな池も銀色に凍っている。なにより、しんしんと静かなのがよかった。音という音が雪の中に吸いこまれていくかのようだ。

そんな静けさを姉と二人、わかちあう。雪耶にとって、それはとても贅沢(ぜいたく)なひと時に思えた。

と、屋敷の方で音がした。どーんどーんと、低く響く太鼓の音。あれは、門が開かれたという合図だ。

双子は顔を見合わせた。

「来客があったようですね、姉上」

「五老が父上を訪ねていらっしゃったのでしょう。ほら、今年は黄泉(よみ)の年だから」

「ああ、封じ舞いをやらなくてはいけない年でしたね」

人間達が祭りをするように、妖怪達も祭りをする。浮かれ騒ぐ宴(うたげ)ではない。強大すぎる闇の力を封じるための祭りだ。

数十年に一度、人が黄泉国と呼ぶ領域の闇が力を増し、こちらの世にあふれてくることがある。そもそも妖怪は闇に属するものが多いが、この黄泉からの大波は受け止めきれぬほど激しく深い。あらゆるものを漆黒(しっこく)に染めあげてしまうのだ。

そうなっては、力の弱い小妖怪や付喪神(つくもがみ)などは、まったく別ないびつなものへと変化しかねない。それを食い止めるため、封印の神事が行われるのだ。

二人の舞い手が選ばれ、破魔の剣を振るい、闇を押し返す舞いを舞う。選ぶのは、五老と呼ばれる五つの大妖族の長達。選ばれるのは、優れて力が強いものと決まっていた。

前回は、双子の父が舞い手の一人となった。今年もそうなるだろうと、雪耶は思った。

だが、綺晶が確信を持った様子で言った。

「今年は雪耶、あなたが一の舞い手になるでしょう」

「それは……先見(さきみ)で見たのですか？」

「ええ、ちらりと見えてしまったの」

綺晶には先見の力が少し備わっていた。文字通り、未来を垣間見る力だ。だが、綺晶はあまり使いたがらなかった。先のことがわかってしまっては、つまらないからといって。

だが、使おうと思わなくとも、時折、幻のように見えてしまうこともあるのだという。

そして、見えてしまった未来は、決して変えられないのだとも、綺晶は言った。

「今回も、わたくしは見るつもりなどなかったのよ。でも、見えてしまった。剣を持って舞うあなたの姿が。間違いなくあなたが一の舞い手になるわ」

「では、二の舞い手は姉上ですね」

一の舞い手に自分が選ばれるのであれば、二の舞い手は姉の綺晶が務めると、当然のように雪耶は思ったのだ。

それに対して、綺晶ははっきりとかぶりを振った。

「それはありえないわ。封じ舞いの舞い手達は、力が強い者と決まっているのだもの。あなたはそうだけれど、わたくしは……ちがうもの」

成長するに従って、雪耶の妖力はますます増してきた。その強さはずば抜けていると言ってもいい。それに比べると、姉の綺晶はずっとずっと弱かった。

だが、雪耶はむきになって言った。

「そんなことは関係ない。私が姉上の分まで妖力を使って、闇を押し返せばいい」

「それではだめよ。二人の舞い手の力は、釣り合っていなければならない。それがこの祭りの要でもあることは、あなたも知っているでしょう？」

「……」

知っていた。知ってはいたが、納得はできなかった。自分達は双子。自分が何かをするなら、姉も同じことをするべきだ。なにより、姉以外の誰かと舞うなど、考えるだけでも不愉快だ。

だが、五老や父に役目を命じられたら、断れないということも、雪耶はわかっていた。

苦り切った顔をしながら、雪耶は姉に尋ねた。

「では、もう一人の舞い手は？　誰であったか、見えましたか？」

「いいえ、見えなかったわ。白い人影がぼんやりと、あなたの後ろに見えただけ。でも……とてもきれいな気を放っていたわ。あのような気を放つ方であれば、あなたと合うでしょうね」

ふんと、雪耶は鼻で笑った。彼にしてみれば、相手と合う合わないなど、どうでもよいのだ。姉でない者が、自分の横に立つ。その不快感のみが強烈だった。

妖力の強さだけで選ばれるなど、くだらない。

心の中で吐き捨てた時、「雪耶」と呼ぶ声があった。見れば、屋敷の渡り廊下に父が立っていた。漆黒の衣で長身を包み、整った相貌に一族の長としての貫禄と威厳を浮かべ、父は息子を呼んだ。

「こちらにまいれ。五老の方々がそなたをお呼びじゃ」

やはり引き受けることになるのかと、雪耶はうんざりとした気持ちになった。そんな弟を、綺晶はせかした。

「ほら、父上がお呼びよ。早く行ってらっしゃいな」

「姉上は？」

「わたくしは呼ばれていないもの。それに、もう少し雪の中にいたいの。だから、ほら、行きなさい」

綺晶の微笑みに後押しされ、雪耶はしぶしぶ父のもとに向かった。

そうして屋敷の奥座敷に連れられていけば、そこには五老が並んで座していた。数えきれぬ歳月を見てきた目が、いっせいに雪耶をとらえた。

「ほほう。王妖狐の若君かえ」

「なるほど。噂に違わぬ見目麗しさよ」

「それに、これはまた妖気も強い」

「決まりですな」

「決まりじゃな」

口を挟む隙も与えられず、雪耶は封じ舞いの一の舞い手に任ぜられてしまった。こめかみをひくひくさせながらも、雪耶は「精一杯務めさせていただきます」と、頭をさげた。そうするしかなかった。

「うむ。良き跡取りに恵まれましたな、王妖狐の長よ」

「まことにまことに。まったく、あやつにもこのような素直さがあればよかったものを」

「とすると、まだ説得が？」

「おうよ。うまくいっておらぬのよ」

渋い顔をしている五老と父の姿に、雪耶は首をかしげた。なにやら不穏な香りがするが、まあ、それはいいとしよう。それよりも、自分が誰と舞うことになるのか、それが少し気になった。だから尋ねた。

「失礼ながら、二の舞い手はどなたにお決まりですか？」

「それがのう、まだ決まっておらんのじゃ」

驚く雪耶に、父が言った。

「すでに候補はあがっているそうだ。その者でなければ、雪耶、そなたと釣り合いがとれぬらしい」

「そこまでわかっているのに、まだ決まっていないとは、なぜでございますか？」

「……その者が役目を引き受けてくれぬそうだ」

「なっ！」

今度こそ雪耶は絶句した。封じ舞いの舞い手を断る者がいるなど、それこそ想像もしていなかった。この自分でさえ、引き受けたというのに。

そこでじゃと、五老達はたたみかけてきた。

「若君、おぬしからかの者を説得してもらえぬか」

「説得？」

「さようさよう」

「自分と共に舞おうと、ぜひとも誘っていただきたい」

「いやいや、誘うなどでは生ぬるい。なにがなんでも、どのような手練手管(てれんてくだ)を使ってでも、あやつめをくどきおとしてくだされ！」

五老達に詰め寄られては、さしもの雪耶も逃げようがなかった。

こうして、封じ舞いの役目に加え、二の舞い手の説得という、じつに面倒な役目までも仰せつかってしまったのだ。

三

翌日、雪耶は一人、風鳴山（かぜなりやま）の頂（いただき）に降り立った。

「ここに、いるのか……」

風鳴山は険（けわ）しい山だった。激しい風がびょうびょうと渦巻いているため、草木は中腹あたりまでしかなく、そこから上はむき出しの岩山だ。今は雪におおわれ、白銀に輝いているが、春や夏などは荒涼として見えることだろう。

陰気で厳しいこの山に、件（くだん）のあやかしはいるという。

ちっと、雪耶は舌打ちした。

「手間取らせてくれるものだ」

封じ舞いの役目を断るとは、なんという不届き者か。昨日、話を聞いてからずっと、雪耶は憤（いきどお）っていた。

「しかたないのだ」

怒る雪耶に、五老達は言った。

「かの者はな、おぬしのように、父母から生まれた者ではない。自然の気から、偶然生み出されたものよ」

それがどうしたと、雪耶は言い返した。

獣や人と違い、独りで生まれおちてくるあやかしは珍しくない。山の気、大地の気、陰の気が混じり合い、凝ると、あやかしの命となって鼓動し始めるのだから。

だが、そうして生まれてきた者達は、ちゃんとあやかしの世界に溶けこみ、持ちつ持たれつ、それぞれうまくやっているではないか。この山のあやかしも、そうであるべき。力ある者であれば、なおさら弱い者を庇うべきだ。

声高に言う雪耶に、五老達はかぶりを振った。

「そうは言うがなぁ……かの者には、他者を庇ってやる道理がないのじゃ」

「道理が、ない？」

「さよう。まず、血のつながりというものがわからぬ。それははなから、かの者にはないからの。次に……これが一番の障りなのじゃが、かの者は誰かを守ってやろうという気持ちになれぬのじゃ。他者からいやな思いしか味わわされたことがないゆえな」

「……どういうこと、ですか、それは？」

「言葉通りの意味よ。かの者の力は強すぎて……まあ、実際に会ってみればわかろうて」

また、こうも言われた。若君であれば、かの者と対峙しても平気であろうと。

全てが謎めいていて、どうにも気持ちが悪かった。不快さがますます高まってくるが、しかたない。とっとと説得して、姉のいる屋敷に戻ろうと決めた。

場合によっては腕ずくでも説得してやると、物騒なことも考えながら、雪耶は呼びかけた。

「白嵐殿」

びょうびょうと、周囲で唸っていた強風が、一瞬止んだ。と、一人の若者がするりと、まるで空から抜け出してきたかのように、忽然と姿を現した。

ほっそりとした、抜けるように色白の若者だった。薄墨色の単衣を無雑作にまとい、深紅の髪は荒々しく乱れているが、それがまた艶めかしい。

そして、その顔。一瞬だが、雪耶は感嘆した。自分や姉に匹敵する美貌を、初めて目の当たりにしたからだ。

人でいうなら十七か十八ほどの年頃で、鼻筋は細く高く、口元はきゅっと結ばれている。にもかかわらず、どこか色気がある。雪耶の淡麗な美貌とは一味違う、抑えきれぬ妖艶さがかもしだされている顔だった。だが、表情がまったくないところが気になった。

それに、その目だ。

若者の瞳は、世にも不思議な銀色をしていた。さながら二粒の宝珠(ほうじゅ)のごとく、切れ長の目にはめこまれている。だが、その目は雪耶を見ようとせず、視線は横にずらされている。一瞥すらせずに、若者は口を開いた。

「誰だ？」

物憂(ものう)げで、生気のない声だった。この世の全てがどうでもいいという、投げやりな響きがある。

しかし、そんなものに雪耶はひるみはしなかった。堂々と名乗った。

「私は王妖狐の雪耶。おぬしが白嵐殿だな？」

「……何か用か？」

「面倒なことは嫌いなので、はっきり言う。私と共に、封じ舞いを舞ってほしい」

「断る」

にべもなく白嵐は言った。

「五老という者らにも断った。私も面倒なことは嫌いだ」

「……封じ舞いをせねばどうなるか、それを知っているのか？」

「聞いた。私には関係のないことだ」

闇に呑まれるものは呑まれてしまえと、そっけなく言う白嵐に、雪耶は怒りを覚えた。

同時に本当に厄介だとも思った。

残念なことに、白嵐が強いあやかしであるのは間違いない。こうして対峙しているだけで、その身に秘められた妖力をひしひしと感じる。自分と同等、あるいはほんの少し上かもしれない。もう少し弱ければ、力ずくで言うことを聞かせられたものを。

もちろん、このまま引き下がるつもりはなかった。王妖狐の若君は、冷淡に見えて、じつはなかなかの負けず嫌いであった。

「では勝負しよう、白嵐殿」

「勝負?」

「そうだ。どんな勝負でもかまわぬ。私はこれまで勝負事で負けたことはないからな。おぬしの好きなもので相手になってやる」

「……おまえが勝ったら、言うことを聞けと?」

「当たり前だ。そのかわり、おぬしが勝てば、おぬしの願いを聞いてやる。どうだ? やらぬか?」

「……おまえは……変なやつだ」

少しだけ白嵐の気配が変わった。物憂げなようすがわずかに薄れたのが、雪耶にもわかった。

「では、やるのだな？」

「……やる」

「おぬしの願いは？」

「勝った時に言う。私が勝つに決まっているから」

「そういうことは、勝ってから言え」

かちんときながら、雪耶は言い返した。ここまでいらいらさせられる相手に会ったのは初めてだ。あいかわらずこちらを見ようとしないのにも腹が立つ。

これは決して負けられない。

はなから負けるつもりなどないが、全力で勝ちに行こうと、雪耶は決めた。

「では、なんの勝負にする？」

「なんでもいい。おまえが言いだしたのだから、おまえが決めろ」

「……おぬし、さては相当な面倒くさがりだな。そういうのは損をするぞ」

文句を言いながらも、さて、どうするかと、雪耶は悩んだ。

喧嘩（けんか）、殴り合いといった荒事の勝負は無理だ。自分達が本気でぶつかりあえば、恐らく山一つ、軽く吹っ飛んでしまうだろう。かと言って、雅（みやび）な遊び、芸事などは、白嵐はやったことがないはず。雪耶にとって有利になるが、卑怯な真似はしたくなかった。

と、ふいに雪がひとひら、鼻先に落ちてきた。その白いかけらを見たとたん、雪耶ははっと思いついた。

「雪遊びはどうだ？」

「雪遊び？」

「雪で、好きなものをこしらえるのだ。そうだな。自分が一番美しいと思うものにしよう。それをお互いに見せて、どちらがよい出来かを競う。これならば公平であろう？」

「……おまえは突拍子もないことを思いつくやつなのだな」

「人に丸投げしておいて、文句を言うな」

「それもそうだな。……いいだろう」

白嵐はうなずいた。

「私が勝ったら、言うことを聞いてもらうぞ」

「むろんのこと。私が勝ったら、封じ舞いに出てもらうからな」

「約束しよう」

あやかしの間での約束は、誓いだ。人とは違い、一度交わした約束は破ることも言い逃れすることもできない。反故にしようとすれば、たちまち命が削られてしまうからだ。

「それでは始めよう」

雪耶は白嵐に背を向けた。目の前には、まだ誰にも踏みにじられていない新雪が降り積もっている。量としても質としても十分だ。作りたいものも、すでに決まっている。

雪耶は手をかざし、力を放った。たちまち雪がうごめきだした。雪耶の思い描くものに、みるみる形を作っていく。ほとんど三呼吸もせぬうちに、それは出来上がった。

作りたかったものを思い通りに作れたことに、雪耶は満足した。我ながらよい出来だ。

「できたぞ」

丸めた雪玉を抱え、白嵐がこちらにやってきて、雪耶の隣に立った。その目がうっすらと、驚いたように見開かれた。

「これは……誰だ？」

「私の姉だ。私はこの世で一番美しいのは、姉上だと思っているからな。美しいものを作れと言われたら、姉上の像を作るしかあるまい」

臆面もなく雪耶は言った。

そう。作ったのは、綺晶の像だった。本物の姉と寸分も違わぬ雪の像。かわいらしげに首をかしげたしぐさも、艶やかに微笑む唇も、今にも動きださんばかりだ。

白嵐はしばらく像に見入っていたが、やがてうなずいた。

「確かに……美しいな」

「そうであろう。……最初に言っておくが、姉上に手を出そうとしたら殺す」

「そんなつもりはない。私はただ、美しいものを美しいと言っただけだ」

その言葉に嘘はなさそうだったので、とりあえず雪耶は安堵した。

「それで？　おぬしはできたのか？」

「ああ。これだ」

「……どれだ？」

「だから、これだと言っている」

白嵐は丸めた雪玉を差し出してきた。

雪耶は穴が開くほどそれを見つめたが、なんであるかはどうしてもわからなかった。

「……なんだ、これは？」

「月だ。月のつもりで作ったのだが……やはり雪でこしらえるのは難しいな」

「そんなもの、雪で作ろうと思うほうがおかしいぞ」

「おかしい、か？」

「ああ。普通はそんなもの、作ろうとも思わん」

きっぱり言ったあと、雪耶はしげしげと白嵐を見た。

「おぬし、月が好きなのか？」

「ああ。真っ黒な夜空で、白々と光っているのを見ると、きれいだなと思う。それに……うらやましいとも思う。あんなに高くて暗いところで、孤独に、誇り高く輝いていられることが……私は、月にはなれなかったから」

「ふうん」

こやつは、じつはなかなかおもしろいやつなのかもしれない。

初めて、雪耶はそう思った。

と、白嵐が雪耶に向き直った。目を合わせぬまま言った。

「どうやらこの勝負は私の負けだな」

「どうやらもこうやらも……明らかに負けであろうが。これで自分の勝ちだとほざこうものなら、図々しいにもほどがあるぞ」

「おまえ、かなり口が悪いな」

「おぬしに言われたくはない」

「………」

白嵐は少し黙った。こうもぽんぽんと言い返してくる相手に、これまで出会ったことがない。そう思っているのが、ありありと見てとれた。

「……わかった。私の負けだ。おまえの言うことを聞こう」

「では、封じ舞いに出るのだな？」

「ああ。面倒くさいが、約束したからな。それは守る」

「よし。では、さっそく舞いの稽古をするぞ」

「面倒だな」

「端からそう言うな！　封じ舞いの夜まで日がないのだ！　今日からとて遅すぎるくらいなのだぞ！」

がみがみ怒鳴りつけながら、雪耶は少し不思議だった。

自分は決して他者が好きではない。だが、この白嵐に対しては、好きではないというのとはまた違う感情を覚える。

それが、〝対等な相手〟に対する興味と好奇心であると気づいたのは、しばらく経ってからのことだった。

四

それから毎日、雪耶は白嵐と会い、舞いの稽古をした。

舞いなどやったことがないと言っていた白嵐であったが、恐ろしいほどの呑みこみの早さで、振りを会得していった。その上達ぶりに、師匠である雪耶が焦（あせ）ったほどだ。うかうかしていては、こちらが追い越されてしまう。そんなことになってたまるかと、自身の稽古にも身が入った。

同時に、自分をこれほど焦らせる相手ができたことが新鮮だった。認めるのは悔しいが、楽しかった。競いあう喜びは、最愛の姉には感じたことのないものだ。

白嵐も同じように感じているらしかった。最初こそかたくなでそっけなかったが、しばらくすると打ち解けてきた。目を合わせることはないが、それなりによくしゃべるようになり、表情も柔らかくなった。

そんなところも、雪耶は嬉しかった。孤高の獣が懐いてきてくれているような気がして、なにやら胸がはずんだ。

二人は誰もいない風鳴山の頂上で、ひたすら向き合い、太刀を振るっては舞った。真剣に、かけがえのない時を味わうように。

出会ってから十日目、いつもよりも早く雪耶は太刀をおろして言った。

「今日はここまでにしよう」

「もう終わるのか？」

「ああ。振りは完全に覚えたようだしな。あとは自分で鍛錬すればいいだろう」

雪耶の言葉に、白嵐の整った顔が少し歪んだ。

「では……もう、帰るのか？」

「帰るが、それがどうかしたか？」

「いや。……もう少し、話をしていけばいいのにと思っただけだ。今日は……いつもより も早い時刻だから」

歯切れの悪い物言いに、雪耶はおかしくなった。

「もしかして、寂しくなったのか？　私がいつもより早く帰ってしまうからか？」

雪耶のからかいに対し、白嵐は真顔でうなずいた。

「寂しい。自分でも意外だが、おまえのことが気に入っているらしい」

「……」

「もう帰ってしまうかと思うと、胸が寒々しい感じがする。おかしなことだが」

雪耶は天を仰いだ。まったく素直というか、あけすけというか。

「おぬしなぁ……もう少しかわいげに言えばいいものを」

「かわいげ、とは?」

「寂しいから、もう少しいてほしいとか。とにかく、もっと言いようがあるだろう」

「そういうふうに言えば、ここに残ってくれるのか?」

真剣な白嵐に、雪耶は初めて笑った。

「ああ。私もおぬしのことが気に入ったらしい。おぬしとなら退屈せずにいられそうだ」

「私も同じように思う。……おまえのような鈍いやつに出会えるとは思わなかった」

「……それは褒めているのか?」

「もちろんだ。これだけ私と共にいて、私に夢中にならないやつはこれまでいなかった。おまえは……貴重なやつだ」

どうも褒め言葉のように聞こえなかったが、白嵐としては最大の賛辞らしい。ここは怒らず、素直に受けとっておこうと、雪耶は決めた。

その夜、雪耶は屋敷に戻るなり、綺晶に伝えた。どうやら自分にも友ができたらしいと。

綺晶は手を叩いて喜んだ。

「ああ、やっぱり！　やっぱりね！　先見で見たあなたは、すごく楽しそうだったから。相方の舞い手を見る目が輝いていたから、こうなるのではないかと思っていたの！」

今度ぜひ会わせてほしいと請われ、雪耶はきっぱりと断った。

「まだいけません」

「どうして？　どうしてなの？」

「どうしてもです」

白嵐は綺晶の像を見て、美しいと言った。実際の姉に会わせて、惚(ほ)れられてしまっては困る。また、逆に綺晶が白嵐に夢中になるかもしれない。なにしろ、白嵐はあれだけの美貌なのだ。せっかく得た友を憎みたくはない。

綺晶は不服そうに頰をふくらませたが、そんな姉もたとえようもなく愛らしいと、雪耶は目を細めた。

そう。綺晶にはまだまだ自分だけの姉でいてほしかったのだ。

友となった白嵐に、雪耶はそれからも毎日会った。舞いの稽古をし、それが終わったあとは、腰をおろし、雪や雲を眺めながら話をする。二人とも話し好きとは言えなかったが、それでも少しずつ、お互いのことがわかってきた。

白嵐が自分と目を合わせようとしない理由も、やっとわかった。

それは何気ない雪耶の一言から判明した。

その日、太刀の手入れをしながら、雪耶は隣に座る白嵐にふと尋ねたのだ。

「そう言えば、ずっと気になっていることがあるのだ」

「なんだ?」

「初めて会った日、勝負をしただろう?」

「正確には、おまえが勝負を挑んできた、だな」

「いちいち細かく言いなおすな。それで、私が勝ったわけだが……もしもだ。もしも私に勝てた時は、何を望むつもりだったのだ?」

「そんなことを聞いて、どうする?」

「別にどうもしない。ただ、おぬしの望みとやらに少し興味があってな」

付き合いは短いが、だいぶこの友人のことはわかってきた。やりたくないことに関しては指一本動かしたがらない性格だということも。なのに、あの時の白嵐は勝負に乗ってきた。つまり、叶えたい望みがあったということだ。それが雪耶には意外だった。

(何かを欲しているようには見えぬが……もしも叶えられるものなら叶えてやりたい)

そうも思った。

少し気だるげに、白嵐は肩をすくめた。

「私の、目を取ってくれと頼むつもりだった」

「目を?」

仰天しながら、雪耶は白嵐の目をまじまじと見つめた。

深みのある銀色の、艶めいた真珠のような不思議な瞳。決してまっすぐには雪耶に向けられない瞳。このすばらしい目を取ってしまうなど、なんという冒瀆(ぼうとく)であることか。

だが、まるで自分の恥を隠すように、白嵐は前髪で目元を隠してしまった。

「これは災(わざわ)いを呼ぶ。そういう目だ。だが、自分では取れない。つぶそうとしたこともあるが、それもできなかった……」

「なぜそのような……」

「災いを呼ぶからだ。これは……相手の魂を食らう目なのだ」

邪眼(じゃがん)。

吐き捨てるように白嵐はそう言った。

「私が誰かと目を合わせる。目と目が合う。すると、もうだめだ。相手は……私に夢中になってしまう。それまでの大切な存在、伴侶(はんりょ)や親や子のことも忘れて、それこそ死に物狂いで私にしがみついてくるのだ」

申し訳ないと思っても、どうにもならない。自分の目の力を、どうしても抑えることができないのだと、白嵐はうなだれながら言った。

「だからなのか？　おぬしが私と目を合わせようとしないのは？」

「そうだ。せっかくできた友を失いたくないからな」

「いくらなんでも……この私がおぬしに囚われるはずがなかろうが」

「そうかもしれない。おまえは強いからな。だが、危険は冒したくない。頼む。頼むから、これからも私の目を見ようとはしないでくれ」

切実に懇願され、雪耶は約束するしかなかった。だが、白嵐の嘆きは少々大げさだとも思った。

「つまり一目惚れされるということなのだろう？　それはそれで迷惑だとも思うが、なにもそこまで恐れずとも。体(てい)よくあしらって、あとは堂々としていればよいではないか」

「……そんなこと、できるものか」

白嵐の声は震えていた。

泣きだしそうな声のまま、白嵐はゆっくりと自分のことを話し始めた。

この世に生まれた時、彼は一人だった。目の前には、漆黒の闇があるばかり。何をしたらいいのか、どこに行ったらいいのか、何もわからなくて途方にくれていた。

どれほど立ちつくしていただろう。後ろから声をかけられた。

「どうしたんだい、ぼうや？　こんなとこでぽつねんとしちゃってさ」

振り返ると、女のあやかしがいた。蛙のような、だがいかにも気のよさそうな顔をしたその女妖は、彼を見て目を見張った。

「おんや、きれいな子だこと。大丈夫かい？　何か、困り事かい？」

優しい声と言葉に、彼は嬉しくなった。誰かに会えて、ほっとした。だから、女妖の目をまっすぐ見て、にこっと笑ったのだ。

そのとたん、女妖の雰囲気が変わった。はっと息を吞んだあと、めらめらと目に熱い焰が燃え上がったようだった。

女妖は先ほどとは違う、ねっとりとした口調としぐさで、彼に近づいてきた。

「行くところがないなら、あたしのところへおいで。ね？　ね？　いいだろう？」

彼は女妖についていくことにした。

女妖は、蛙のあやかしで、葦音（あしね）という名だった。葦音は彼を沼地にあるひなびた住まいへ連れていき、なにくれとなく世話を焼いてくれた。名無しでは不便だろうと、「小月（しょうげつ）」という名もくれた。

「おまえを見つけた時ね、闇の中で光って見えたのさ。まるで夜空に浮かぶお月様のようだと、そう思ったんだよ。だからね、おまえはあたしのお月様なんだ。暗闇を照らしてくれる、小さなかわいい光なんだ」

そう言って、愛おしげに髪を撫でてくれる葦音が、小月は好きだった。優しくて、世話焼きなところも好きだったし、色々な物語を聞かせてくれるところも大好きだった。二人で沼の蛍を見るのも楽しかった。

時には水遊びもした。泳ぎの達者な葦音に追いつこうと、小月はずいぶんがんばったものだ。

かわいいぼうや。あたしの小さなお月様。

まるで母のように、姉のように、葦音は小月を抱きしめ、かわいがってくれた。日々の全てが温かく、夜は満ち足りていた。

だが、それは長くは続かなかった。次第に、葦音の様子がおかしくなってきたのだ。

まず、外に遊びに行きたがる小月を引きとめるようになった。不安でしかたないのだと、目に恐怖をためながら葦音は言った。

「おまえはこんなにもきれいなんだもの。他の悪いあやかしが、おまえをさらっていってしまうかもしれない。それに……外のほうがおもしろいと思ったら、おまえはもう帰ってこないかも。怖いんだよ。怖くてたまらないんだよ。行かないでおくれ。あたしのそばにいておくれ」

そう言って、小月を自分のそばから離さない。自分は葦音のことが大好きだ、よそになんぞ行かない。いくら小月が言っても、葦音の心には届かない様子だった。

葦音の異常は続き、今度は物をあまり食べなくなった。当然、ふくよかだった体がみるみる瘦せていく。

心配し、何か食べてくれと懇願する小月を、葦音はじっと見返してきた。狂気じみた卑屈な光が、大きな目に宿っていた。

「あたしはもう、このまま消えちまったほうがいいのさ。おまえとは釣り合わない。ああ、そんなことわかっていたんだよ。あたしは醜くて年寄りで、おまえは若くて、本当にきれいなんだもの。……苦しいよ。苦しいんだよ」

そう嘆くかと思えば、突然、何かに憑かれたかのように猛り狂い、食ってかかってくることもあった。

「おまえ！　おまえ、本当は行ってしまいたいんだろう？　こんな年寄りガマなんざ放って、どこかもっときれいなあやかしのところに行きたいんだろう？　わかってるんだよ！　お見通しさ！　裏切り者！　さんざん良くしてやったのに、あたしを見捨てていくんだね！　ひどい！　ひどいひどい！」

泣きわめきながらつかみかかってくる葦音。優しい言葉をかければ、すねる。放っておくと、逆上する。小月は戸惑うばかりだった。

自分は前と少しも変わっていないのに、葦音だけがどんどん別のものに変貌していく恐ろしさに、身が震えた。

どうして？　どうしてそんなに変わってしまった？　前は優しかったのに。いつでもおもしろいことを言って、笑わせてくれたのに。なぜ泣く？　なぜののしる？

どうしたらいいかわからず、壊れていく葦音を、おろおろしながらも小月は見ているしかなかった。

そして、その夜がやってきた。

葦音に食べさせたいと、小月は沼でどじょうをとっていた。と、ゆらりと、葦音が住まいから出てきた。すっかりやせ細り、たるんで落ちた肉が、だぶだぶと揺れている。その手に光るものが握られていることに、小月は気づいた。

毒蛇の牙で作られた短刀だった。ねとねとと、紫がかった黒い汁が先端からしたたっている。

だが、そんなものよりなにより、小月は葦音の目におののいた。異様な、恐ろしい目だった。深くうがたれた穴のような瞳の奥底に、青白い情念と憎悪が無数の蛇（へび）のようにうごめき、からみあっている。

立ちすくんでいる小月に、葦音はゆらゆらと近づいてきた。

「おまえは……お月様じゃなかったんだね。そんな優しいものじゃなかった。おまえは嵐だ。白い嵐だよ。あたしの心をかき乱して、たぶらかして……やっとわかったよ。おまえの目を見た時から、あたしはあたしじゃなくなっちまったんだ。だから、ごめんよ。もうこれしか……」

そう言いながら、短刀を振り上げて切りつけてくるのが、小月にはやたらとゆっくりして見えた。死ぬのかと思った。同時に、死にたくないとも思った。

大好きな相手に、殺されたくない。自分が辛抱強く待っていれば、葦音は前のように優しいあやかしに戻るかもしれない。だから、死にたくない。

その無我夢中の想いが、小月の中に眠っていた力を解き放ったのだ。

その一瞬のことは、よく覚えていない。ただ、火のように熱く、氷のように冷たいものが、体の中ではじけ、突風のように外に飛び出していくのを感じた。

我に返った時、幼かった自分がすっかり成人の体を手に入れていることに驚いた。のびやかで力強い四肢。すっくと伸びた体。なにより全身にみなぎる力。これまでにないものを手に入れたことを知り、小月は嬉しくなった。これで狂った葦音を救える。そう思ったのだ。

だが、振り返り、その喜びは塵のように散った。

顔に驚いたような表情を張りつかせたまま、葦音は地面に転がっていた。その体は真っ二つに引き裂かれていた。

自分がやったのだとわかった時、小月は死んだ。小月だった心が死んだのだ。

とてもその場にいられず、逃げるように沼地を飛び出した。

それからは一ヶ所にとどまることなく、あてどなく各地を歩いた。どんな場所にも長居はできなかった。彼が誰かに出会い、その目をのぞき見ると、葦音の時とまったく同じことが起きてしまうからだ。

誰もが彼に魅了され、誰もが自分のものにならない彼を憎んだ。彼を巡って、醜い争いや殺し合いが起きることも珍しくなかった。

たび重なる騒ぎと血なまぐさい結末に、ようやく彼も気づいた。自分の目が、他者の魂を吸いこむ邪眼であることに。他者と親しくなってはいけない存在だということに。

だが、その頃にはすでに彼の悪評はとどろいてしまっていた。

白嵐。

いつのまにかそういう名がついていた。嵐のように心をかき乱す白い魔物。慕われ、憎まれ、追われ、殺されかけ……。

逃げ回るうちに、白嵐はすっかりこの世というものに嫌気がさしてしまった。どいつもこいつも、手前勝手なことをわめいて、自分を捕えようとするか、あるいは傷つけようとする。もういっさい、どんなあやかしとも関わり合いを持ちたくない。

ちょうど誰も棲んでいなかった風鳴山を、白嵐は住まいと定めた。このままこの山を出ることなく、寿命が尽きるまで、孤独に生きよう。そう覚悟を決めたのだ。

だから、封じ舞いとやらを頼まれた時も、にべもなく断った。他のやつらなど、知ったことではなかった。

すると、新たな説得役がやってきた。自分と同じくらい力のある、月のようにきれいなあやかしが……。

声を失っている雪耶の前で、白嵐は悲しげに笑った。

「おまえを見た時は、本当に月の化身だと思った。……葦音が出会ったのがおまえであったら、葦音はあんなふうにならなかったのだろうな」

「……すまない。いやな過去を思い出させてしまったな」

「いい。……だが、わかってくれ。目を合わせるのだけは勘弁してほしいのだ。おまえが強いのはわかっているが、やはり……これまでのことを思うとな」

おまえまで失いたくない。

疲れ切ったようにひび割れた声に、雪耶は白嵐の傷の深さを感じた。この男は、ここに来るまでにどれほどの苦しみ、悲しみをその身に受けてきたのだろう。何度も何度も傷つき、魂が壊れるような想いを味わってきたのだと思うと、胸が苦しかった。

だから、雪耶はおごそかに言ったのだ。

「わかった。私からおぬしの目をのぞきこむことは決してしない。約束する。王妖狐の雪耶がここに誓う」

「……感謝する」

ほっとしたように白嵐は笑った。目を合わさぬ微笑みを向けられても、もう雪耶は苛立つことはなかった。

五

雪耶と白嵐の絆は日々強まっていった。

過去を打ち明けたことで、気が楽になったのだろう。白嵐はより打ち解け、雪耶が訪れるたびに、笑みを浮かべるようになった。逆に、帰る際には寂しそうにする。

そんな友が、雪耶はとても愛しかった。

自分をもっともっと頼ってもらいたい。甘えたいのなら、いくらでも甘えさせてやりたい。つらい目にあってきた白嵐を、少しでも癒してやりたかったのだ。

王妖狐の若君が、必要以上に白い魔物と仲良くしている。あれはすでに術にはまり、骨抜きにされたに違いない。情けないことだ。

そう陰口を叩かれもしたが、雪耶はそうした相手を徹底的に叩きのめした。自分のことに怒ったのではない。事情も知らず、噂だけで白嵐を貶る下賤なものどもに、無性に腹が立ったのだ。

だが、全てのあやかしが敵というわけではなかった。二人の噂を聞いて、近づいてきたものもいた。

それは、いよいよ封じ舞いの夜が近づき、稽古も追い込みにはいっている最中だった。

雪耶達が熱心に舞っていると、ふいに涼やかな声が降ってきたのだ。

「ほほう。世にも見目麗しき男子が、二人も並び立つとは。眼福の極みじゃなぁ」

見上げると、大岩の上に少女が立っていた。

純白の髪を風になびかせ、金の瞳を輝かせながらこちらを見下ろす少女。冬景色に映える松葉色の着物には、金と銀で龍の刺繍がほどこされ、白い帯には真紅の焔模様という大胆な意匠だ。そんな迫力のある装いも、その少女がまとうと、少しもおかしくない。

幼い面立ちに、大人びた気品と余裕を浮かべ、少女は笑った。

「見事じゃな、雪耶殿。それに白嵐殿も。これは封じ舞いの夜が待ち遠しいぞえ。闇を祓う二人の麗しい姿が、今から目に浮かぶわ」

「……誰だ、おまえは？」

白嵐は怪訝そうに首をかしげた。

一方、少女の正体を知っている雪耶は苦笑した。

「盗み見とは感心できぬな、王蜜の君」

「なんだ、雪耶の知り合いか?」

「ああ。妖猫族の姫だ」

「ふうん。強そうだな。それに……きれいだ」

淡々と感想を述べる白嵐に、王蜜の君は嬉しげに笑った。

「ほほう。美しい白嵐殿に言われるとは、なにやら面映ゆいのぅ」

「本当のことを言ったまでだ。……猫の姫がどうしてここへ来たのだ?」

「むろん、二人の姿を一目見るためじゃ。わらわは美しいものが好きでな。震いつきたくなるような若者が二人も揃うているならば、これは皆より一足先に見たくなるというものよ」

妖猫族の姫、王蜜の君は笑いながら軽やかに二人のもとに降りてきた。まずは雪耶に向き合う。

「最近はたいそう騒がしいぞえ、雪耶殿。おぬしがこれなる白嵐殿にぞっこん縛られておるとな」

「おのれ。まだそんなことをほざくやつがいるか。どこの誰だか、教えていただこう」

「で、またたたきのめすのかえ?」

「当然のこと」

憤然とする雪耶を、王蜜の君は真顔でいさめた。

「やめておくことじゃ。そんなこと、なんの役にも立たぬ。他者の陰口悪口など、虫のようにわいてくるものよ。こたびは嫉妬がからんでいるゆえ、なおさら根絶やしにするのは無理じゃ」

「嫉妬？」

わけがわからんと、雪耶と白嵐は顔を見合わせた。むろん、白嵐は目を伏せていたが。

そんな二人に、王蜜の君はおかしげに笑った。

「わからぬとは、二人とも、似た者同士じゃの」

「似ている？」

「私達が？」

「そうじゃ。どちらも疎くて鈍い唐変木よ」

「……それはちと言いすぎでは？」

「なぜそんなことを言われなければならない？　納得がいかない」

少々傷ついた顔をする二人に、王蜜の君は言った。

「よいかえ？　二人はそれぞれに美しい、他者を魅了する殿御じゃ。これまでにどれほどのあやかしが、近づきたい、並び立ちたいと焦がれてきたことか。なのに、二人とも、彼らのことなど気にも留めておらなんだ。そうであろう？」

「……」

「あげくに、二人で結託してしまった。こうなってはもう、誰も近づけぬ。おぬしらの放つ気は、それほどに輝かしいのじゃ。いや、お互いに出会えたことで、より磨きがかかったはず。わらわですら目がくらみそうじゃ」

だからこそ、他の者達は嫉む。妬む。他ならぬ自分が、その輝きの中に入れなかったことを恨むのだ。

「では、陰口は止まぬと？」

「うむ。輝きあるところに、闇はより深く淀むものよ。いちいち気にしてもしかたない。……おぬしら、今は幸せなのであろう？　楽しいのであろう？」

雪耶も白嵐も、間髪をいれずうなずいた。

「ああ」

「白嵐と出会えて、毎日のたわいもないことが非常に楽しくなった」

「それは私の言葉だ。雪耶と出会う前は、全てが灰色に見えたが、今は色々と輝いて見える。……こんな私と友になってくれて、心からありがたいと思っている」

「これこれ、わらわの前でのろけてくれるな。ま、とにかくそういうことじゃ。おぬしらが幸せであれば、それでよいではないか。周りの耳障りな声など気にするでない」

白嵐は感嘆したように王蜜の君を見た。

「なかなか気風(きっぷ)のいい姫だな……気に入った」

「やめておけ、白嵐。この姫は……怖いぞ」

「怖い？」

「ふふふ。光栄じゃな。じつはな、白嵐殿。わらわはおぬしを遠くから見ておるのよ」

「私を？」

「さよう。数年前から白い魔物のことは聞いておったからの。もしも、わらわ好みの魂の持ち主であれば、手に入れて、はべらせようと思っての」

にやっと、なにやら怖い笑みを王蜜の君は浮かべた。じつは、この姫は魂を抜き取って集めるのが好きという、あまりかんばしくない趣味を持っているのだ。

「……」

「まあ、美しくはあったが、少々冷たすぎる感じがしたからの。手に入れるのはやめておいたのじゃ。だが、今はまた違うておるの。このように趣(おもむき)のある魂になるとわかっておったらのう……」

「……さっきの言葉は撤回しよう。おまえは……怖い」

「ふふふ。それもまた褒め言葉としてとっておこう。ところで、雪耶殿。いつになったら、そなたの姉君にわらわを会わせてくれるのじゃ？」

「未来永劫、そんな機会はないと思われよ」

「またつれないことを」

「大事な姉を、あなたのような危険な姫に会わせられるわけがない。……姉上の魂が好みであれば、抜き取るつもりでしょうが？」

「まあ、そういうことになるかもしれぬ。そうはならぬかもしれぬし」

しれっと言ったあと、王蜜の君はふわりと空中に浮きあがった。

「今日はこれにて失礼する。おぬしらはなかなかにおもしろそうじゃ。また会いにくるゆえ、これからもわらわと仲良うしておくれ」

邪魔したなという一言を残して、さっと王蜜の君は消え去った。

しばらくの間、雪耶も白嵐も無言で立ちつくしていた。猫の姫君がいたのはわずかな時であったが、その余韻は強烈なものであったのだ。

ようやく、白嵐がのろのろと言った。

「厄介そうな相手だな」

「うむ。なにしろ猫の性(さが)を持つ姫だからな。……おもしろいが、踏みこみすぎれば、すぐに手酷くひっかかれるだろうよ」

「私も同じように感じた。あれは……下手に刺激はできぬ相手だ。おまえの姉君には会わせないほうがいいぞ」

「言われるまでもない」

ここで、雪耶は何かを決心したかのように息を吸いこんだ。

「白嵐」

「なんだ?」

「おぬしが友だから正直に言わせてもらうが……私はな、おぬしにも姉上を会わせるつもりはないのだ。おぬしも大事だが、私にとってもっともかけがえのないのは姉上ただ一人。おぬしの邪眼で狂う姉上など見たくはない。ひどいことを言っているとわかっているが、これだけは譲れぬのだ」

それでいいと、白嵐は怒りもせずにうなずいた。

「むしろ、そのほうがいいと思う。私も、安易におまえの姉上に会って……間違いが起こってしまってはいやだ。あんな想いはもうたくさんだ」

「すまぬ」

うなだれる雪耶に、かまわないと、白嵐は微笑んだ。

「私にはおまえという友ができた。それで十分だ。さ、稽古を続けよう。この封じ舞い、私としても成功させたくなってきた」

「うむ。私もだ」

二人はふたたび舞い始めた。


その年の封じ舞いは、後々まで語り継がれるものになった。黄泉の闇の波を祓いのけた剣舞の鮮やかさ、漆黒に放たれる刃のきらめき、なにより二人の舞い手の美しさは、見ているあやかし達の目に焼きついたのだ。

一の舞い手は、鋭さと華やぎを持ち合わせた雪耶。深紅の装束に身を包み、ぬばたま色の髪を金と翡翠(ひすい)の珠で飾った姿は、若神もかくやと思わせる凜々しさであった。

黄金造りの太刀を縦横無尽に振るい、次々と闇の波をなぎはらう。身をひるがえすたびに、三本の尾もまた刃のように空気を切り裂いていく。苛烈(かれつ)な勢いは、白熱した焰のごとく、触れるもの全てを焼きつくさんばかりだ。

その雪耶の背後を守るのは、淡麗にして妖艶な白嵐。

こちらは純白の衣を身につけ、紅い髪には真珠と黒玉の髪飾り。薄絹の布で目隠しをしてはいたが、不自由さなどまったく感じさせない身のこなしだ。白金造りの太刀をひらめかせ、いとも優美に闇を祓いのけていく。淡々として見えるが、そこには雪耶を守りぬくという決意が秘められている。

対称的でありながら、一糸乱れず舞う二人は、まさしく一心同体のようであったと、あやかし達はため息をつきながら語り合った。

そう。無事に封じ舞いは終わったのだ。本来ならば、それですむはずだった。

だが、同じ夜、同じ場で、雪耶と白嵐の運命を大きく変える出来事が起きていた。雪耶の姉、綺晶が恋に落ちたのだ……。

六

「な、んです、と……？」

　雪耶は自分の耳を疑った。息ができなかった。どくどくと、自分の鼓動の音だけが、気持ち悪く響いてくる。

　蒼白となって固まっている雪耶に、綺晶はもう一度口を開いた。

「だからね、わたくし、今度お嫁に行くのよ」

　幸せそうに頬を染めながら、綺晶はもう一度、同じことを告げた。

「一目見たとたん、この方だとわかったの。この方しかいないと、わかったの。封じ舞いの夜にお会いしたのよ」

「……あの夜、ですか」

　あの夜からふた月が経っていた。役目を無事果たしてからも、雪耶は毎日のように白嵐に会いに行き、二人で色々なことを話したり、あちこちに遊びに行ったりした。時には、王蜜の君も仲間に加わり、楽しく過ごしていたのだ。

そして、何も知らない雪耶が出かけている間、綺晶は綺晶で、こっそり相手の男と会っていたらしい。

「わ、私に隠し事をなさったのか！」

「だって、あなた、わたくしに恋人ができたと聞いたら、猛り狂うでしょう？　大事な方に何をされるかわからないのだもの。隠すのは当然のことでしょう」

「しかし！」

「まあ、黙って聞いて。とにかく、とてもすてきな方なの。もう、本当に優しくて。会えば会うほど、想いは募るばかり。このような気持ちになれたことが、自分でも信じられないわ。あら、やだ。あの方の名をまだ言っていなかったわね。ええ、幽印族(ゆういんぞく)の琉桂(りゅうけい)様とおっしゃるの」

幽印族と聞いて、雪耶はぎっと目を吊り上げた。王妖狐族に比べれば、ずっと格下で、突出した妖気を持つものが生まれてきたこともない一族だ。言い表すなら、「凡庸」の一言に尽きる。あらゆる意味で、綺晶にはふさわしくない。

それは、綺晶もわかっているはずなのに。どうしてそうまで堂々と、嬉しげに相手のことを話せるのか。

目をきらめかせて語る姉から、雪耶は目を背けた。こんな姉は見たくない。これ以上、恋人の話など聞きたくない。

だが、綺晶は容赦なく言葉を続けていく。

「昨夜ね、わたくしのほうから、琉桂様に言ったの。これ以上、あなたの帰っていく姿を見送るのはいやですと。あの方は驚いて、なんのかんのと言い訳めいたことをおっしゃっていたけれど。わたくし、がんばったのよ、雪耶。ついに、あの方の妻になる約束を勝ち取ったのだもの」

「あ、姉上から申し込まれたと、おっしゃるのですか！」

「ええ、そうよ。待っていても、決してあの方からの申し込みはないとわかっていたから。……雪耶。あの方は大きな重荷を抱えていらっしゃるの」

「重荷？」

「ええ。琉桂様はあまりお体が丈夫でいらっしゃらないそうなの。それに、幽印族の方々は、わたくし達とは違う妖気をお持ちでしょう？　わたくしにとっては、それはなんでもないことなのだけれど、あの方自身が重荷だと思いこんでいらっしゃる。だから、わたくしと恋することも、ずっとためらわれていたみたい。でも、そんなことにいちいち惑うてほしくはないの。なにより、わたくしは自分が本当にほしいものを我慢するほど、優しくもしとやかでもなくってよ」

だからあの方をくどきおとしたのと、綺晶は勝ち誇ったように胸を張った。渋る相手をくどき、せっつき、あれよあれよという間に相手の家とも話をつけてしまったのだという。

この姉にこれほどの行動力があったとは。それとも、それほど夢中だということか。そこまでして添い遂げたい相手が、姉にできてしまったということか。

虚無のような喪失感に蝕まれていくのを、雪耶は感じた。死ぬのだと思った。姉を失って、どうして自分は生きていけるだろう。

弟の異変に気づき、綺晶が急いで雪耶の手を握ってきた。

「大丈夫よ、雪耶」

「あ……ね、上……」

「ええ、そうよ。わたくしはあなたの姉。あなたはわたくしの弟。たとえ、私がどこに嫁ごうと、この屋敷を出ることになろうと、わたくし達の生まれ持った絆は消えない。だから、お願い。わたくしを寿いで。わたくしは背の君を選んだけれど、それは決して、あなたを切り捨てることではないのだから」

だが、綺晶の必死の言葉も、雪耶の心には空しく響くばかりだった。そして、驚きと衝撃のあとには、猛烈な怒りがわいてきた。

姉が嫁ぐ。この屋敷を出ていく。そんなことはあってはならない。これは裏切りそのものではないか。

その日以来、雪耶は徹底的に自分の怒りをあらわにした。子供じみた癇癪を起こし、庭や屋敷をめちゃくちゃにしたりもした。父や母の叱責などどうでもよかった。姉が思いなおしてさえくれれば、どんな罰ものののしりも受ける。

だが、雪耶がどんなに暴れ回ろうと、綺晶は自分の意志を曲げなかった。悲しげな顔をしながらも、淡々と嫁入り支度を整えていく。

力では姉を止められないとわかると、雪耶は今度は深くふさぎこんだ。食事もとらず、ひたすら庭の古木の上で空を見て過ごした。降りて来いという言葉は全て無視した。ほしい言葉はそれではない。

だが、いくら待っても、綺晶が木の上の雪耶を訪れることはなかった。

花嫁修業にあけくれていると、食事を運んできた家来から聞き、雪耶は絶望した。

「今日は、これより許婚様がいらっしゃるとのことで、綺晶様もいつも以上に張り切って、おもてなしのお支度をしておられます」

それはとどめの言葉だった。

もうだめだ。これ以上、この屋敷にいることはできない。

雪耶は古木から飛び降り、走りだした。逃げたのだ。

門のところで、向こうからあやかしの一行が来るのが見えた。その横を駆け抜ける際、綺晶の相手らしきあやかしの姿も見た。見て幻滅した。

どんな色男かと思いきや、そこにいたのはとても地味なあやかしだった。物静かな、いかにも穏やかそうな色白の顔。少しぽってりと太り気味の体。両耳の上に生えた二本の角が美しい翡翠色であること以外、褒められそうなところは見当たらない。妖力も、雪耶はもちろんのこと、綺晶にも格段に劣る。

このような情けないやつが、よくもまあ、自分の姉に近づこうなどと思ったものだ。姉上も姉上だ。こんな男のどこがよい！

泣きながら、雪耶はたった一人の友のところへ逃げ込んだ。

「あんな！　あ、あんな冴えぬ、やつの、ど、どこがよいのだ！　あんな、あんな……」

白嵐の前で、雪耶は猛り、ののしり、不満鬱憤を吐きだした。どんなにわめいても足りぬ気がした。苦しい。全身が砂になって、ざらざらと崩れていってしまいそうだ。

錯乱状態の雪耶を、白嵐はただ静かに聞くことによって受け止めた。下手な忠告や慰めなど、雪耶は求めていない。この友に必要なのは、心の内をさらけださせることだと、白嵐はわかっていた。

悔しいのだと、雪耶は吼えた。

悔しいことだが、恋をしている姉はこれまでの数倍も美しく見えた。頬は恥じらいと喜びで色づき、目は生き生きと輝き、恋しい相手のことを語る時の声音はまるで琴の調べのように甘かった。自分ではこんなにも姉を輝かせることはできなかった。それが悔しい。いや、恐ろしい。このままでは姉はどんどん遠ざかり、自分の前から消えてしまいそうだ。

「だめだ……だめなのだ、白嵐。姉上は私のそばに、いなくては……なぜ……あんな……」

恥も外聞もなく涙を流す雪耶に、白嵐は静かな態度を崩さなかった。だが、心の中では動揺していた。

雪耶のこのやつれよう。それに、目がおかしい。最初は怒りでぎらついていたのに、今では奇妙な粘っこい淀みが宿り始めているように思える。気持ちを吐きだすことで少しは楽になるかと期待したのだが。

どうしてやればいいのだろうと悩む白嵐に、雪耶はひび割れた声で言った。

「……白嵐」

「なんだ？」

「私は……決めた。決めたぞ」

「……愚かなことを、するつもりだな？」

「ああ。姉上には恨まれるかもしれないが……やはりこのままにはしておけない。断じて。断じてだ！」

心を決めた雪耶の目の奥には、激しい狂気が渦巻いていた。

それを見て、白嵐もまた、あることを決意したのだ。

雪耶が屋敷に戻ったのは、深夜だった。綺晶の許婚はとっくに帰ってしまっており、それを聞いて、雪耶は落胆した。まだここにいてくれれば、捜しに行く手間が省けたものを。

だが、すぐに出かけようとしたところで、父親に捕えられてしまった。

父は怒髪天（どはってん）をつく形相だった。姉の許婚を出迎えず、屋敷から勝手に飛び出していってしまった雪耶を、無礼であると厳しく叱った。

むろん、雪耶はまったく悔いる様子を見せず、反対に父親に言い放った。

「あのような男、姉上にはふさわしくありません。父上もごらんになったでしょう？　あの貧相な顔、貧弱な妖気。どれをとっても、優れているものがない。あんな者に王妖狐の姫が嫁ぐなど、恥さらしだ。今からでもこの婚礼は取りやめるべきです」

「馬鹿者が！　おのれの姉が選んだ相手を、よくもまあ、そこまで悪しざまに言えたものよ！　座敷牢にて、しばし頭を冷やしておれ！」

雪耶はそのまま座敷牢に放りこまれてしまった。

壁には封魔石が用いられ、太い格子戸には呪術が彫りこまれた座敷牢。この中では、妖力も術も極端に封じられてしまう。

が、それはあくまで大概のあやかし相手の話だ。けたはずれの力を持つ雪耶がその気になれば、牢を破ることは可能なはずだった。

だが、雪耶はそうはしなかった。婚礼の朝には出してやろうと、父は言っていた。その朝を楽しみに待てばいい。焦らず、今はとにかく力を温存しておかなくては。

暗い笑みを浮かべながら、雪耶は壁に背を預け、目を閉じた。来るべき時に備え、体を休めておかなくてはならないのだ。ここ十日余り、ろくに眠れなかったが、その夜はすぐに眠りがやってきた。

しかし、夜のしじまは突如破られた。切り裂くような叫び声が聞こえてきたのだ。

「曲者！　曲者だぁ！」

「姫様のお部屋に！　だ、誰か！」

雪耶は跳ね起きた。

姫様。部屋。綺晶の部屋に曲者が入ったというのか。

恐怖のあまり、心臓がねじきれるような気がした。

綺晶が危ない。

雪耶は牢の壁に向き合った。確か、この向こうは中庭だ。そこからのほうが、綺晶の部屋により近い。手をかざし、ありったけの力を放った。

とたん、激しい衝撃がきた。牢が獲物を逃がすまいと、抵抗しているのだ。びりびりと、体に小さな無数の稲妻(いなずま)が噛みついてくるのがわかった。ぴっ、ぴっと、肌が浅く切り裂かれていく。

それでも、雪耶は退かなかった。それどころか、さらなる力で抵抗を突き破り、ついに牢の壁を粉微塵(こなみじん)に吹き飛ばした。

この時点でかなり力を消耗していたが、かまうことなく飛び出した。

一刻も早く姉を助けに行かなければ。

広い中庭を疾走し、屋敷の角を曲がった。そこで、雪耶の足は止まった。

ずらっと、屋敷の者達が集まっていた。手に手に得物を持ち、殺気だった顔で叫びながら、上の方を睨(にら)んでいる。

雪耶もそちらを見た。

空中に、見たこともない大きな獣が浮かんでいた。

見た目は、鹿に似ていた。ほっそりとした体に長い首、しなやかな四肢。だが、鹿ではない。全身が真珠のような鱗におおわれ、淡く青白く輝いている。ひるがえるたてがみと尾は真紅。蹄は黒曜石のような漆黒。

目は一つだけ。大きな銀色の目が天空を見上げている。傲然と、下の騒ぎを見ようともしない姿は、破壊的なまでに美しかった。

初めて目にする魔獣。だが、雪耶にはその正体がわかった。わからぬはずがなかった。見た目が違っても、その気配は間違えようがない。

「白嵐……」

だが、一歩近づきかけたところで、はっとなった。今までたてがみに埋もれていて見えなかったのだが、白銀の魔獣の背には綺晶がいた。目を閉じ、ぐったりと力なく魔獣の体に身をもたせかけている。

それを見た瞬間、雪耶は吼えていた。

「なんの真似だ、白嵐！」

激しい、なんとも激しい獣じみた咆哮だった。屋敷の者達の中には、仰天し、腰を抜かした者さえいた。

だが、空中に浮かぶ獣はまったく動じなかった。まるでそよ風を受けたかのように、歌うように言葉を返してきた。

「雪耶。綺晶殿は私がもらいうける」

「な、何！」

「いいだろう？　おまえは、あのあやかしに姉はやりたくないと言った。それならば、私がもらう。友である私に奪われるのであれば、おまえの心もそう荒れはしまい」

「何を言っているのだ！　ゆ、許さんぞ、そんなことは！」

「どうしてだ？」

心底不思議そうに、白嵐は首をかしげた。

「私は、美しいのだろう？　自分ではよくわからないが、少なくとも醜いだの、貧相だのと言われたことはない。それに、力は強いぞ。おまえも知っているはずだ。どうだ？　今の許婚より、はるかに私の方が綺晶殿にふさわしいと、おまえも思うだろう？」

「そ、それとこれとは話が別だ！　なぜだ！　なぜこんな、愚かしい真似をいきなりする？」

泣きださんばかりの声で叫ぶ雪耶に、少しの間、白嵐は黙った。

やがて、天空を見上げながら、白銀の魔獣は小さく口を開いた。

「なぜ、だと？」

吐息を思わせるような、異様に静かな声だった。

「おまえが教えてくれたからだ」

「わ、私が何を教えたというのだ！」

「今日、言っていただろう？　姉に憎まれても恨まれてもかまわない。姉を手元に留め置くために、あのあやかしを消し去ると」

「……」

あの時、わかったのだと、白嵐は言葉を続けた。

「本当にほしいもののためなら、何かを恐れていてはいけないのだと。ほしいものはどんな犠牲を払っても手に入れるべきなのだと。私は……おまえに嫌われるのが怖くて、ずっと踏み出せなかった。だが、今日のおまえを見て、決心がついた。……最初におまえがこしらえた雪の像を見た時から、私はおまえの姉を手に入れたかったのだ」

恍惚(こうこつ)とした様子の白嵐に、雪耶は言葉が出なかった。だが、心の中ではずっと叫んでいた。絶叫していた。

やめろ！　聞きたくない！　おまえの口からそんなことは断じて聞きたくない！

そして、震えもした。

自分のせいなのか？　自分の一言が、友の心をこうも大きく歪ませてしまったというのか？

取り返しのつかないことをしてしまったという後悔、そしておのれと白嵐へのわけのわからぬ激しい怒りで、目の前が真っ赤に染まっていくようだった。それでいて、体の奥底のほうから何かがじわじわと凍えていく。

しばらくの間、何もかもが止まっていた。雪耶は動けず、白嵐も綺晶も、周りの者達もいっさい動かなかった。風さえも吹きやみ、まるで時が止まったかのように静まり返っていた。

ざわり。

虚をつくように、白嵐のたてがみが動きだした。蛇のようにうねり、気を失っている綺晶にからみつく。

そのまま綺晶は持ち上げられ、運ばれた。白嵐の目の前に、白嵐と向き合うような形で。

ここにきて、雪耶は一気に我に返った。白嵐の思惑は、瞬時にわかった。邪眼で姉の心を奪い、縛るつもりだ。そうなったら、もう綺晶は綺晶ではいられない。白嵐に魂を奪われた、哀れな妄執(もうしゅう)の塊と化すだろう。

「白嵐！　き、貴様！」

「感謝する、雪耶。大事なことを教えてくれたことに。これで綺晶殿は私のものだ。私だけのものだ」

銀の目をまっすぐに綺晶へと向けながら、白嵐はたてがみを動かし、綺晶をかすかにゆさぶりだした。綺晶を目覚めさせようとしているのだ。もし、目覚めた綺晶が、白嵐の目を見てしまったら一巻の終わりだ。

もはや、ためらうことなど考えられなかった。雪耶は無我夢中で地を蹴り、白嵐に向かって躍りあがった。

それからあとのことはよく覚えていない。気がつけば、雪耶は地面に膝をつき、死んでも離すまじとばかりに、しっかと綺晶を腕に抱きしめていた。

「あ、姉上!」

「若君!」

「姉上姉上!」

「しっかりなさいませ、若君! 姫様はご無事でございます!」

「ですから、どうぞ少し落ち着かれて、姫様をお放しくだされ!」

「若君のお手当てもせねばなりませぬゆえ、どうか!」

周囲の者達が口々に叫びかけていたが、雪耶にはよく聞き取れなかった。ただ、自分の腕の中の姉に、呼びかけることしかできなかった。

ようやく、綺晶が目を開けた。雪耶を見るなり、はっと青ざめた。

「ゆ、雪耶……」

「姉上！」

あとは言葉にならなかった。姉が無事だった。そのことが身に沁みるほど嬉しくて、雪耶は姉を抱きしめた。

「雪耶……私は……そうだわ。部屋に白嵐殿がいらして……」

戸惑ったような姉のつぶやきを聞いたとたん、雪耶の胸にふたたび怒りがたぎった。それは、いっさいの迷いのない、純粋な怒りであり憎しみだった。

「ご安心なさい、姉上」

胸の内とは裏腹の、優しい静かな声で雪耶は言った。

「二度と、白嵐が姉上の前に現れることはありませぬ。あやつめはこの雪耶が地の果てまでも追いかけて、今宵の償いをさせましょう」

「ゆ、雪耶……」

「大丈夫です。全て私にまかせて、さ、姉上はお休みください。誰か。姉上を奥へ」

「雪耶。ど、どこへ！」

「私はあやつを追います」

決して許さない。

憎悪をこめてつぶやく弟を、綺晶はまじまじと見た。と、突然泣きだしたのだ。その涙が、いっそう白嵐への憎しみをあおった。

白嵐がこんなことをしなければ、姉は泣かなかった。姉に無礼を働き、涙を流させるとは。自分の信頼に対して、とんでもない裏切りで報いてくれたものだ。そう。これはまぎれもない裏切りだ。

立ちあがったところで、全身に痛みが走った。見れば、衣はずたずたになっており、体のあちこちが傷ついている。それら全てが、戦いの激しさを物語っていた。

ざわっと、胸の奥底から憎しみがこみあげてきた。

壮絶な顔で、夜空を見上げる雪耶。その漆黒の髪から色が抜け落ちていき、月のような白色へと変わっていく様を、綺晶はわななきながら見つめていた。

その場にいる誰もがわかっていた。

白嵐狩りが始まるのだと。

七

それから五十年余りが過ぎた。あやかしにとっては、まばたきするほどのほんの短い時の流れ。だが、雪耶には様々な出来事が目まぐるしく過ぎていった年月だった。

まず、姉の綺晶が嫁いだ。祝福こそしなかったが、雪耶は黙って綺晶の夫を受け入れた。もはや強烈な不快感はわかなかった。この冴えぬあやかしは好きではないが、姉が想い想われて夫婦になるのなら、許せる気がした。

だが、それは建前で、他の者を憎む余裕がなかったというのが正直なところだろう。

雪耶は白嵐に取りつかれたようなものだった。最初の十年は白嵐のことしか頭になく、がむしゃらに追いかけた。だが白嵐は巧みに逃げ、姿をくらました。ようやく見つけては、あと一歩のところで取り逃がすことを繰り返し、雪耶ははらわたが煮えくりかえりそうだった。

白嵐はまるで逃げるのを楽しんでいるかのように、長く身を潜めていたかと思えば、ふっと姿を現す。それも、必ず綺晶の住まい近くにだ。

白嵐はいまだに綺晶をあきらめてはいない。虎視眈々と、奪う機会を狙っているのだ。

雪耶はますます張りつめ、警戒を解かなかった。

そんな中、大きな出来事が起こった。

綺晶の夫が急死したのだ。もともと短命といわれていたそうで、そのことについては綺晶も覚悟を決めていたという。とはいえ、その落胆ぶりは激しかった。

雪耶は白嵐を追うのをしばしやめ、寝ついてしまった綺晶の屋敷に戻った。片時もそばを離れず、必死で姉を励まし、慰めた。身重ということもあって、綺晶の回復は遅く、雪耶は気が気ではなかった。

そこへ、思わぬ知らせがもたらされた。妖怪奉行所の奉行にならぬかと、声をかけられたのだ。

雪耶にしてみれば、願ってもない話だった。奉行になれば、さらなる力を手に入れられる。夫が亡くなり、気落ちしている綺晶を、ここぞとばかりに白嵐は狙ってくるだろう。それを食い止めなくては。

雪耶が奉行の役目を引き受けたと聞き、綺晶は床の中で微笑んだ。久しぶりの笑顔だった。

「おめでとう、雪耶。しっかりおやりなさいね」

「はい。……姉上、しばしおそばを離れます。どうしても前の奉行であられた華宵公に挨拶をせねばならぬので。すぐに戻ってまいりますし、屋敷にはいつも以上に固く結界を張っておきます。どうぞご安心を」

「ええ。ええ。わたくしなら大丈夫だから。気にせず行っていらっしゃい」

「はい。……くれぐれも無理をなされぬように。体を冷やしてはなりませぬぞ。それから……」

「いいから、早くお行きなさいな」

弟が名残り惜しげに去ったあとのことだ。綺晶の部屋に来訪者が現れた。

その者は、甘い香りを伴いながら、忽然と部屋の中に姿を現した。

「まあ……」

「失礼するぞえ、綺晶殿」

白い髪をなびかせ、世にも妖艶に微笑みながら、美少女は言った。

「わらわは妖猫族の姫。名はたくさんあるが、今は王蜜の君と呼ばれておる」

「……あなたのことは存じております。よくいらっしゃいました」

「うむ。本当はもっと早うそなたに会いたかったのじゃ。したが、そなたの弟君が邪魔でのぅ。今ようやく会える機会ができたわ。……まずはお悔やみを申し上げる。夫君のこと、残念であったの」

さっと綺晶の顔がひきつった。それでも、涙は必死でこらえた。腹の子はまもなく生まれてくる。この子のために、これ以上涙は流すまいと決めたのだ。

「いいえ。あれが……あの人の寿命でしたから。こうなるとわかっていて、それでもわたくしのわがままで夫婦になってもらったのですから」

「……お幸せであったのだな？」

「ええ」

うなずく綺晶を、王蜜の君はじっとのぞきこんできた。猫めいた金の目が、綺晶の心の奥底を射抜くように、鋭く光った。

「じつはの、本日訪ねたのは、綺晶殿にお聞きしたいことがあったからじゃ。……白嵐のことよ」

「……」

「あやつが綺晶殿をさらおうとし、それゆえに雪耶が追っている。それはもう、周知のことじゃ。じゃがな、わらわはこのことを聞いた時から解せなんだ。あの白嵐が、このような馬鹿げたことをするとは、どうしても思えぬ。綺晶殿に恋い焦がれていたというが、そうは思えぬのじゃ。あやつはむしろ、綺晶殿よりも雪耶のほうを大切に思うていたはず」

「……」

「それなのに、白嵐は雪耶を裏切った。それも、もっとも傷つける形でじゃ。それがどうにも納得いかぬ。……綺晶殿なれば、わけを知っているのではないかえ？」

「……それを聞いて、どうなさるおつもりですか？」

ふふっと、王蜜の君は笑った。

「別に何もせぬ。わらわはただ、自分の心のもやもやを取り払いたいだけじゃ。誰にも言わぬ」

「そのお言葉を信じてもよいのでしょうか？　猫の方々は気まぐれでいらっしゃいます」

「そうじゃな。確かに気まぐれじゃ。じゃが、約束は違えぬ。どうだえ？　話してはもらえぬかえ？」

しばらくの間、綺晶は黙っていた。やがて、小さく言った。

「王蜜の君。あなたの訪れは、あの方とまったく同じですね」

「あの方とは、白嵐かえ？」

「ええ」

綺晶は目を閉じた。たちまち、あの夜のことが色鮮やかによみがえってきた。

あの夜、綺晶は一人で自室にいた。雪耶が屋敷に戻り、父によって牢に入れられたことを聞いて、ため息をついていたのだ。

どうしてこうなってしまうのだろう。自分に愛しいと思える相手ができたことを、大事な弟にも喜んでもらいたい。ただそれだけなのに。どうして雪耶には自分の気持ちがわからないのだろう。

もんもんとしていた時だ。ふいに、夜風が部屋に吹き込んできた。

と思うと、目の前に空恐ろしいほど淡麗な若者が立っていた。

銀の目を伏せ、赤い髪を奔放に伸ばした若者は、そっと口を開いた。

「突然来てすまない。私は……」

「ええ、存じております」

綺晶はそれ以上は言わせなかった。驚きはしたが、一瞬で相手が何者かわかったからだ。

「白嵐殿ですね。雪耶のお友達の」

「……どうして知っている？」

「この前の封じ舞いで、二の舞い手をなさったでしょう？　あれはわたくしも見ておりました。空から舞い降りてこられた天人かと、本気で思いましたのよ。そのきれいなお顔を、忘れるはずがありませんわ」

「きれい、だったか？　私は？」

「ええ。本当に」

「それでも、あなたは私にはひかれなかった」

「……」

「別の男に恋をして、夫婦になろうとしている」

「ええ、そうですわね。心というのは本当に不思議だと思います」

綺晶は微笑みながら返した。

本当に不思議だ。美しさで競うのなら、自分の許婚となった相手は、白嵐の足元にも及ばない。それでも、白嵐の顔は綺晶の心には響かない。愛しいという温かで豊かな想いがわきあがってくることはないのだ。

「……お幸せそうだ」

「幸せですわ」

だがと、白嵐の口調が鋭くなった。

「そのせいで、私の友は壊れかけている。……あなたに捨てられる。あなたを失いたくない。その一心であらゆる物事が目に入らぬ様子だ。雪耶は……あなたを嫁がせないために、愚かなことをしでかすつもりだ」

綺晶は息が詰まった。白嵐の厳しい顔、その言葉が意味することを、瞬時に悟ったのだ。

「まさか……いくらなんでも、そこまでのことは……」

「やる。雪耶は私にそう言った」

「そんな……ゆ、雪耶と話さなくては！」

走りだしかける綺晶の手首を、白嵐がつかんで引きとめた。

「無駄だ。あなたの言葉は今のあいつには聞こえない。説得は無駄だ」

綺晶は泣き崩れた。

「ど、どうして、こんなことにな、なってしまうの。わ、わたくしは愛しい方を失いたくないし、愛しい弟も憎みたくない。わたくしは、わ、わがままなの？　そんなに、わ、わがままを言っているというの？」

だが、泣きじゃくる綺晶の前でも、白嵐は淡々としていた。

「泣くことは、いつでもできる。それよりも聞いてほしい。今の雪耶はあなたの許婚への憎しみで凝り固まっている。その心をほぐすのはまず不可能だ。だから、注意を他に向ける」

「えっ？」

「今の憎しみに勝る憎しみを作ってやろうと思う。すまないが、綺晶殿にも協力してもらう」

そう言って、白嵐は自分の策を打ち明けた。それを聞いて、綺晶は仰天した。いけないと、思わず叫んだ。

「それはいけません！　そ、それでは、あ、あなたが……あなただけがつらい目にあうことになってしまいます！」

「いいのだ、綺晶殿」

白嵐の表情は静かで穏やかだった。全てを決めてしまった者の顔だった。

「私は、雪耶からたくさんのものをもらった。だから、もう何もいらない。何も望まない。……今宵、私は嘘をつく。そして、この嘘は最後まで貫き通す。あなたもそのつもりで、協力してほしい」

じりっと、白嵐は一歩、綺晶に近づいた。

もう時がない。綺晶は焦った。色々なことを伝えたいのに、心乱れて、言葉が見つからない。

やっとのことで言った。

「いつの日か、あなたにかけがえのないものができることを願っています。雪耶ではない、心を預けられる相手ができることを」

「それは雪耶のために願ってやりなさい。私は……もう無理だと思う」

「……ごめんなさい。わたくし達のために」

「いいのだ」

軽く笑ったあと、白嵐は綺晶の首筋に手刀を打ち込んだ。

綺晶の記憶はそこで途切れた。自分が白嵐にさらわれかけ、弟の雪耶が必死に戦って、取り戻してくれたというのは、あとから聞かされた。その時、涙が止まらなかった。

もし、雪耶が許婚を害していたら、綺晶は決して雪耶を許さなかっただろう。生涯、弟を拒絶し、二度と会おうとはしなかったはずだ。

そして雪耶にとって、姉の拒絶は何にも勝る打撃となる。魂を砕かれ、正気を失うに違いなかった。

そうなることを、白嵐は何より食い止めたかったのだ。

綺晶を救うことで、雪耶をも救う。そのためには、憎しみの矛先を自分に向けさせるしかない。赤の他人ではなく、雪耶が心許した友であればこそ、裏切りはいっそう憎悪を駆り立てるものとなるはず。

白嵐の狙い通り、雪耶の怒りと憎しみは綺晶の許婚からそれて、白嵐に向けられた。おかげで、綺晶は無事に嫁ぐことができ、雪耶の魂が壊れることもなかった。

ただ一人、白嵐が大きな重荷を背負ったのだ。白嵐だけが……。


話を終えたあと、綺晶は顔を手でおおった。胸がきりきりと痛かった。白嵐が自分達のために払ってくれた犠牲は、なんと大きいものであったか。

だが、このことは誰にも打ち明けられなかった。あちこちで白嵐の悪い噂が立っても、「あの方はそんな方ではありません」と、反論することすら許されない。本当は誰よりも高潔な魂の持ち主だと知りながら、それを誰にも言えなかった。今の今まで、ずっと心の奥底にしまっておくしかなかったのだ。

うなだれている綺晶の前で、王蜜の君は納得したように唸った。

「やはり、そういうわけであったか」

「どうかどうか、このことは雪耶には言わないでくださいませ」

「むろんじゃ。白嵐がおのれの心を殺してまで、友になしたことじゃ。わらわができることなど何もない。いまさら秘密を明らかにしても、双方がいっそう傷つくだけじゃ。……つらかったであろうな、綺晶殿。この秘密、一人で抱えての五十年は長かったであろう」

「いいえ」

綺晶はかぶりを振った。

「わたくしはただ……汚くて卑怯なだけです。申し訳ないと心の中で詫びながら、自分の幸せを守り続けた。白嵐殿の優しさに甘えぬいてきたのです」

「そのように言うものではないぞえ」

「なれど……」

「よいかえ、綺晶殿」

王蜜の君の眼がきゅっと細まった。

「白嵐はしがらみを持たぬあやかしじゃ。親も兄弟もおらず、主もなければ家来もない。ただただおのれの思うままに選び、生きていく。ただ一人の友を守るため、孤独を選んだのは白嵐じゃ。たとえ、綺晶殿が拒んだとしても、白嵐は同じことをなしたであろうよ」

「……」

「じゃから、そのように自分を責めるのはやめることじゃ。まったく意味のないことよ」

そっけない言いようではあったが、猫の姫の声は柔らかく優しかった。自分の心に食い込んでいる枷(かせ)が、少しだけゆるむのを、綺晶は感じた。

「ありがとうございます、王蜜の君」

「なに。先ほども言うたが、わらわは気になっていた謎を解きたかっただけじゃ。すっきりしたゆえ、わらわはこれで失礼する」

「もう、お帰りですか？」

「うむ。そなたの弟が帰ってくる前にな。わらわがここにいるのを見られたら、またぎゃんぎゃんとうるさくわめかれそうじゃ」

否定できず、綺晶は苦笑した。

無事に身二つになられよとの一言を残し、王蜜の君は去っていった。

ふたたび床に伏した綺晶は、そっと自分の腹を撫でた。

あと少しだけ、この子のために生きたい。

これから生まれてくる子が妖気違えであることは、すでに先見の力で知っていた。だが、全ての力を使い果たせば、子を無事に産み落とすことができる。すでに綺晶は覚悟を決めていた。

（わたくしの命はあと少しで終わり。けれども、わたくしの子は生きて、未来を紡いでいく。……ごめんなさいね、雪耶。結局わたくしは、あなたを悲しませてしまう。けれど、わたくしはもう決めてしまったから）

自分も白嵐と同じなのだと、ふと綺晶は気づいた。

自ら選んだことを貫き通してしまう。身勝手ゆえの苦しさは付きまとうが、それでも後悔だけはしない。

やっと、綺晶は微笑んだ。

（もう無理と、白嵐殿はおっしゃっていたけれど……願わくは、白嵐殿がふたたび幸せを見つけられますように）

雪耶が戻ってきた時も、綺晶は微笑んだままだった。

「姉上……ご機嫌がよろしいのですか？」

「ええ、とても。それで、無事に華宵公へのご挨拶はすんだの？」

「はい。新たに名も賜りました。今後は月夜公と名乗るようにとのことです」

「月夜公……よい名だわ」

にこりと、綺晶は笑った。


半月後、男の赤子を産み落とし、綺晶は椿の花が落ちるように逝った。

八

綺晶の死を知った時、白嵐は激しい胸騒ぎを覚えた。綺晶が亡くなったという事実よりも、雪耶のことが気がかりだった。

最愛の姉を、本当の意味で失ってしまったあの男は、いったいどうしているだろう？　この不幸を受け入れ、乗り越えられているだろうか？

いてもたってもいられず、白嵐は闇にまぎれて、そっと雪耶の屋敷へと近づいた。気配を消して近づいたはずだった。だが、白嵐が庭先に到達するのと同時に、屋敷の奥より雪耶が現れた。

その姿に、白嵐は胸を衝かれた。激しくやつれていることを差し引いても、雪耶は美しかった。その美しさが、逆に痛々しいのだ。ほんのわずかなことで、粉々に砕け散ってしまいそうで、はらはらした。

だが、さらに仰天するようなことが起きた。

夜の闇に沈む庭に向かって、雪耶が声を放ってきたのだ。

「来ているのだろう、白嵐」

その声は静かだった。あれほどたぎっていた怒りや憎しみが消えてしまっている。

動揺しながらも、白嵐はゆっくりと闇から出て、雪耶の前へと歩いていった。

追い求めてきた仇(かたき)を前にしても、雪耶の顔は変わらなかった。

「やはり来ていたか、白嵐」

静かな表情と声音に、白嵐は焦った。もしかしたら、雪耶は魂が抜けかけているのかもしれない。だから、こんなに落ち着いているのだろう。

なんとしても現(うつつ)に引き戻さなくてはと、白嵐はことさらに酷薄な笑みを浮かべてみせた。

「どうした、雪耶? 私を憎んでいたのに、すっかりふぬけた様子ではないか。おまえらしくもない」

だが、この挑発にも、雪耶は乗ってこなかった。それどころか、ふっと、口の端を歪めるようにして笑ったのだ。

「……雪耶」

「白嵐よ。私は子を預かった。姉上の子だ。あらゆることから守り育てると、姉上と約束した。ゆえに、これからはその子が私の全てとなる」

「……綺晶殿のかわりになるのか、その子は?」

わからぬと、雪耶は力なく言った。

「いや、かわりにはならぬだろうよ。姉上の血を引いていようと、姉上のかわりになる者など、どこにもおらぬ。それでも私は……その子のことだけを、これからは考えていこうと思う。もしかしたら……いつかは少しは愛しく思えるかもしれぬ」

「ずいぶんと弱気だな。雪耶らしくない」

「私らしくないか」

雪耶はまた笑った。

「それも当然だな。今の私は、半身が欠けてしまったできそこないだ。……姉上が亡くなられてな、私は自分の身から全てが抜け落ちていくのを感じた。そうすると、不思議なもので、それまでに見えなかったものが色々と見えてきた」

「………」

「姉上は私の顔がお好きだった。きれいだと、よく言ってくださった。前はどうでもよいと思っていたのだが、今では不思議と自分の顔が大切に思えてきた。……姉上が愛しんでくださった顔だと思うとな」

すうっと、自分の顔を撫でる雪耶。うつろだが、その目は正気だった。

「他にもな、気がかりなことが思い出されてきた。次々と……例えば、おまえと姉上のことだ」

「………」

「おまえは、姉上に惚れていたと言った。だが、私はそれに気づかなかった。おまえからはそのような熱意は微塵も感じられなかったから」

淡々と話す雪耶の前で、白嵐は動揺していた。

今の雪耶はかつてなく冷静になり、そして全てを知りかけている。だめだだめだ。気づいてはだめだ。気づいたらきっと、雪耶の中で悔恨が荒れ狂うことになる。

なにより、全てが明らかになったからといって、自分達はもうもとには戻れない。

（……ああ）

心の中で白嵐はうめいた。

ふたたび仲良くなどできようはずがない。白嵐の犠牲を知れば、友にそんな真似をさせてしまったと、雪耶は一生悔いていくことになるだろう。そして、悔いる雪耶を、白嵐はこれまた腫れ物に触るように気づかっていく。

そんなのはもう、友とは言えない。

だめだ！　それ以上言うな！　それ以上は……だめなんだ！

白嵐は唐突に躍りかかった。ぎょっとしたように眼を見開く雪耶に向かって、腕を振り下ろす。

自分が生み出した刃風が、雪耶の美しい頬を切り裂く感触は、衝撃的なまでに生々しく伝わってきた。まるで、自分の爪でそれをなしたかのように感じた。血の粒が飛び散っていく様が、異様にゆっくりとして見えた。

茫然としている雪耶に、白嵐は笑いかけた。笑わないと、泣いてしまいそうだったから。

「おまえの話はつまらないな、雪耶。べらべらと、意味のないことばかり。そんなことをしゃべっているひまがあったら、私と遊べ」

「……白、嵐」

「わざわざこんなところまで来たのは、退屈していたからだ。ほら、立て。私を楽しませろ。おまえなら、それができるのだから」

「っ!」

雪耶の目が燃え上がった。

それでいいと、白嵐は笑った。

「それでこそ、我が友だ！　ああ、やはり、おまえと遊ぶのが一番楽しいな！」

「黙れ！」

雪耶の三本の尾が龍のようにうねり、白嵐に襲いかかった。

逃げようと思えば逃げられた。だが、白嵐はそうしなかった。むしろ、迎え入れるように、かすかに両腕を広げさえした。

ぎりぎりと、白嵐を締めあげ、動きを封じこんだあと、顔の片側を真っ赤に染めながら、雪耶は凍てついた声で言った。

「妖怪奉行所の月夜公、一眼魔獣の白嵐を捕えたり」

ああ、これで全てにけりがついたのだと、白嵐は悟った。そして満足したまま、目を閉じた。

雪耶、いや、月夜公は白嵐を殺さなかった。そうするかわりに、白嵐の力の源である目玉を抜き取り、人界に追放したのだ。

見ず知らずの土地を、白嵐はあてどもなく歩いた。何も見えずとも、それほど困ることはなかった。むしろ満足していた。

これでもう、誰も傷つけずにすむ。友を守ることもできた。これ以上望むことはない。

かつて自分が望んでいたことだ。雪耶にも打ち明けたことがある。

(あいつは……私の言葉を覚えていたのだろうか？　罰と称して、私に報いてくれたのだろうか？）

きっとそうだ。あれは、そういう優しさを持っている。そのことを、自分は知っている。

ほんの少しだけ、胸が温かくなった。

だが、空虚さも噛みしめていた。

雪耶の魂を守るという目的は遂げてしまった。これから先は、何を励みとして生きていけばいいのだろう？

葦音のことがしきりに思い出された。最初に出会った、大切だったあやかし。彼女を失ってしまった時は、本当に悲しかった。だが、これほど空しい、寂しい気持ちにはならなかった。

「……独り、なのだな」

自分は結局、孤独が宿命のあやかしなのだ。もはや、大事と思えるものに出会えることはあるまい。なにより、邪眼を失った自分を好いてくれる者など、この先現れるはずがないではないか。

自嘲して笑った時だ。奇妙な気配を感じた。

穢れた強い瘴気。それと、子供の泣き声。

興味がわいて、白嵐は声のするほうへと歩いていった。そして、一人の人間の子供と出会ったのだ。

「なんだ。人間か」

つまらないと思ったが、子供があまりに必死にすがりついてくるので、しかたなく抱き上げてやった。その子が、自分の生涯の宝となろうとは、その時は思いもしなかったのだ……。

忘れじの花菓子

一

その朝、弥助はなじみの店に味噌を買いに行った。

弥助は味噌が大好きだ。味噌汁はもちろんのこと、なすやこんにゃくにちょいと載せて、あぶったものもいい。しっかり味のしみた味噌豆腐など、それだけでごはんが二杯は食べられる。

その味噌を、うっかり切らしてしまうとは。

とりあえず、朝の味噌汁だけはなんとかこしらえられたが、小さな甕の中はもうすっからかんだ。

だから、朝餉をすませるなり、弥助は長屋を飛び出したのだ。

(千にいは、もう少し後で行けばいいって言ったけど。味噌がないってのは、なんかこう、落ち着かないんだよな。晩飯はなんにしようかな?……そうだ。魚屋が来たら、鯵を買おう。で、味噌ときざみねぎとしょうがであえて、なめろうにしたら、きっと千にいが喜

ぶ）

「おいしいよ」と、顔をほころばせる千弥のことを思うと、自然と足も速くなる。

だが、近道しようと、小道に入り、人気のない橋のところまで来た時だ。弥助は思わず立ち止まった。

橋の中央のあたりに、五歳くらいの男の子がいた。欄干（らんかん）にすがるようにして、じっと、下を流れる川をのぞきこんでいる。頭の上で髪を一つにくくり、すりきれた藍色（あいいろ）の着物を着た、どこにでもいそうな男の子。

だが、その子には足がなかった。腰から下にかけてが、すうっと、空気に溶けてしまっているのだ。

（幽霊？　こんな朝っぱらから？）

驚きはしたものの、怖くはなかった。妖怪の子を預かるようになったおかげで、すっかり人外の存在に慣れてしまったこともあるが、橋の上の子供に邪悪な気配がなかったせいでもある。

なんとなく放ってもおけなくて、弥助は近づいて声をかけてみることにした。

「なあ、おい……。何してんだい？」

子供はゆっくりと振り返った。かわいい顔つきだが、どことなくぼうっとした表情で、目を開けたまま夢を見ているかのようだ。口元には淡い笑みが浮かんでいて、とらえどころがない。

子供は首をかしげた。

「何も、してないよ」

声も、ふわふわとしていた。

「迷子、とかじゃないよな？」

「……さあ？　わかんない」

「親、いるのかい？」

「わかんない。忘れちゃった」

「忘れたって……んじゃ、どこから来たんだい？」

「んとね。あっち、だと思う」

遠くのほうを指さす子供。弥助はそちらの方向に目を凝らしたが、この子の親や知り合いらしきものが来る様子はなかった。

まさかと、弥助はちょっと嫌な気持ちになった。この子はやはり幽霊で、自分が死んでいることもわからず、この世をさ迷っているのだろうか。だとしたら、やっぱり放ってはおけない。成仏させてやりたい。

できるだけ優しく弥助は尋ねた。

「じゃ、名前は？　俺は弥助っていうんだけど、おまえは？」

「名前？」

「そう。そのくらいはわかるだろ？」

「うん」

子供は今度はしっかりうなずいた。

「ぼうって言うの」

「ぼう？　坊やのぼうってことかい？　それじゃ、あんまり手がかりにならないなぁ。別の名前で呼ばれたこと、ないのかい？」

「忘れちゃった」

「……」

困ったなと、弥助は腕組みした。この子はとにかく色々なことを忘れてしまっているらしい。

どうしたらいいものかと悩んでいると、ぼうが懐(ふところ)から小さな袋を取り出した。何気なく袋をのぞきこみ、弥助は息をのんだ。

袋には、美しい菓子がたくさん入っていた。飴(あめ)のように透き通っていて、一粒一粒が愛らしい花の形をしている。色は、胸にしみるような空色や、ほんのりと温かな蜜柑色、くっきりとした紅色や月のような銀色と、色とりどりで、まるで袋の中に花がいっぱい咲き誇っているかのようだ。

ぼうは、若葉色の菓子を一つ取り出し、大切そうに口に運んだ。口に入れたとたん、にっこりする。本当に幸せそうな笑顔に、弥助もなんだか嬉しくなった。

「それ、おまえの？」

「うん。もらったの」

「誰から？」

「いろんな人。みんな、ぼうにこれをくれる」

「へえ……俺、そんな菓子、見たことないけどなぁ」

「弥助も持ってるよ」

「えっ？」

「持ってる。すごくきれいなやつ。ねぇ、それ、ぼうにちょうだい。ね？」

そう言って、ぼうは笑いながら弥助に手を差し伸べてきたのだ。

二

千弥は全身の感覚を針のように研ぎ澄ましていた。もとから鋭い耳は外のあらゆる音を拾い上げ、鼻は風に運ばれる匂いを嗅ぎわける。

だが、どちらにも弥助に関するものはなかった。

どこだ。どこにいる。

焦(あせ)りと不安で、千弥は全身が崩れてしまいそうだった。

朝、味噌を買いに行くと出かけた弥助が、まだ帰らないのだ。すでに日は暮れかけている。味噌屋は少し遠いが、どんな寄り道をしようと、こんなに時がかかるはずはない。

なぜだ。なぜ帰ってこない。

刻一刻と、体から血が抜けていく気がした。

もちろん、ただ待っていたわけではない。何度も外に出て捜した。さんざん捜しまわっては、もう帰っているかもしれないと、長屋に戻る。そのたびに、空っぽの部屋の気配が、千弥を打ちのめした。

かつての自分であれば、大妖と呼ばれた白嵐であれば、瞬時に弥助の居所をつかみ、そこへ飛んでいけただろうに。妖力がないことがこれほどうらめしく、腹立たしかったことはない。

いったい、あの子に何があったのだろう？

考えるのが恐ろしかったが、それでも考えずにはいられなかった。

川に落ちた？　荷車や馬にはねられ、動けないのか？　突風に目をやられて、泣いているのでは？

まさかと、千弥ははっとなった。

「まさか、悪いやつにさらわれたんじゃ……」

一度そう思うと、それしか考えられなくなった。

「そうだよ。そうに違いない。弥助はあんなにもかわいいのだもの。どんな人間も妖怪も手元に置きたがるに決まっている」

ゆらっと、千弥の全身から青い焔が立ちのぼった。

この自分から弥助を奪おうとは。どこのどいつかは知らないが、ただではすまさない。生まれてきたことを後悔させてやろう。だが、まずは弥助だ。弥助を取り戻さなくては。

「ひぃっ！」

押し殺した悲鳴に、千弥は我に返った。返るなり、声がしたほうに飛びついた。

「弥助かい！」

だが、抱きしめた感触も気配も、弥助のものではなかった。

「おまえ……」

「ち、違いますぅ！　あ、あのぅ、た、玉雪ですぅ！」

おびえきった声が答えてきた。

玉雪。この家に出入りする兎の妖怪だ。

がっかりし、千弥は玉雪を突き放しかけた。が、ぐいっと、ふたたび手に力を入れて、玉雪を引き戻した。

「ひ、ひぃぃぃっ！」

「そう怖がるんじゃないよ。取って食おうってわけじゃないんだから」

「け、けれど、あのぅ、せ、千弥様、い、いつもと全然様子が……」

「弥助が帰ってこないんだよ」

「えっ……」

押し殺した声に、たちまち玉雪は黙った。

「そうだよ。朝出て行ったきり、戻ってこないんだ。きっとさらわれたんだ。だから、なんとしても取り戻す。おまえ、妖怪奉行所に行って、月夜公に手を貸すように言ってきておくれ」

「つ、月夜公様に？」

「ああ。四の五の言ったら……甥に知られたくないあれこれを私が知っていることを忘れるなと、言ってやればいい」

「あ、あ、はい」

脱兎のごとく玉雪は姿を消し、まもなく月夜公を連れて戻ってきた。

赤い半割の般若面をつけた月夜公は、般若もかくやと言わんばかりの形相をしていた。

「貴様……吾を脅すとはよい度胸じゃな！」

「悪いが、おまえの気持ちなどにかまってる暇はない。弥助を捜しておくれ。そうしたら、好きなだけおまえの罵倒を受けてやる。かつてのことでもなんでも、土下座して詫びよう。だから、捜してくれ。早く！」

余裕なく言う千弥。その顔はこわばり、口元もかすかに震えている。

「まったく……何をそんなに恐れておるのじゃ？　少々帰るのが遅れているだけであろうが」

「そんなはずはないんだよ。あの子が寄り道なぞするものか。こんなに長く帰ってこなかったことはない。これはきっと、さらわれたんだよ」

「心配がすぎるぞ。吾が甥、津弓ほどの子であればともかく、弥助ごとき小僧、誰が狙うものか」

「いいから！　さっさと妖力でも手下でも使って、あの子を捜してくれ！　頼む！」

千弥の悲鳴のような声に、月夜公は心の中で目を見張った。この者がこれほどの動揺をあらわにするとは。なにやら不思議な気持ちになったが、もちろん顔に表すようなことはせず、かわりに、しぶしぶといった体でうなずいてみせた。

「弥助のことは津弓も気に入っておるゆえ、こたびだけは手を貸そう」

「礼を言うよ」

「貴様のためではないわ！　あくまで津弓のためじゃ！」

一喝し、月夜公は自分の尾からひとつかみ、毛を引き抜いた。それに息を吹きかけ、四方へと飛ばす。

「ふん。たかが人の子一人捜すのに、手下どもを使うまでもない。しかし、養い子のため、吾に助けを求めるとは……堕ちたものじゃな、白嵐」

「ああ、そうだよ」

自暴自棄になって、千弥は吐き捨てた。

「いざという時に、弥助を助けることもできない。今の私は、ただの人でしかない。……こんなことなら、白嵐に戻りたいくらいだ。いや、まだ遅くはない。あの目を、うぶめから返してもらって……」

「ならぬわえ！」

月夜公は最後まで言わせなかった。

「妖怪奉行所の奉行として、それだけは決してさせぬ！　あれはもう、うぶめの住まいじゃ！……よう考えてみよ。あの目が、うぬを幸せにしてくれたことがあったかえ？」

「……」

「いまさら取り戻して、なんになる？　一度失ったものを惜しむより、今大事なものを守ることを考えよ」

「だから、弥助のことを想って、私は……」

「たわけめ。うぬが目を取り戻したとして、それを弥助がのぞきこんだ時のことを考えよ」

蒼白となる千弥から、月夜公は顔を背けた。

力を失い、人になりさがった白嵐。だが、大切なものを守りたいと願うあまり、他の全てが見えなくなるところは、昔と少しも変わらない。そこがすこぶる忌々しいと、月夜公は心の中で唸った。

「ふん。くだらぬことを言い合っていたおかげで、時が潰せたな。……見つけたぞえ」

「ほんとかい！」

「ああ。吾がここに連れてくるか？　それとも、うぬも共に迎えに行くかえ？」

「もちろん行く！　一緒に行くよ！　早く連れて行っておくれ！　弥助のところへ、早く！」

「わめくでないわ！　うっとうしい！」

同じほどの大声でわめき返しながら、月夜公は乱暴に千弥の手首をつかんだ。

次の瞬間、二人の姿は長屋から消え、一呼吸もしないうちに、こんもりとした木立の中に立っていた。

「ここは……どこぞの里山のようじゃな」

「そんなことより、弥助は？　や……ああっ！　そこなのかい？」

千弥が走り出した先に、弥助がいた。大きな木によりかかり、目を閉じている。

愛し子の気配をたどって駆け寄るなり、千弥は弥助をぎゅっと抱きしめた。

「弥助！　弥助！」

「……ん。うーん」

「ほら、弥助。ああ、大丈夫かい？　怪我したのかい？　具合でも悪いのかい？　お願いだから何か言っておくれ！」

大騒ぎする千弥の前で、弥助がようやく目を覚ました。自分を抱きしめる千弥を見て、弥助はきょとんとした顔になった。

「あんた……誰だい？」

ぴしっと固まる千弥を見て、月夜公は顔をしかめた。どうやら、今夜はまだ津弓のもとに帰れそうにない。面倒なことになったものだと、つぶやいた。

三

弥助と千弥を長屋へと連れ帰った月夜公は、玉雪に命じて、弥助と顔見知りの妖怪達を集めさせた。

弥助が記憶を失ったと聞き、妖怪達はすぐさま駆けつけてきた。梅妖怪の梅吉はもちろん、あかなめの親子、化けふくろうの雪福、糸の付喪神（つくもがみ）くくり姫、夜風の千隼（ちはや）、化け猫のくらと、次から次へとやってきたものだから、長屋の狭い部屋はあっという間にぎゅうぎゅうになってしまったほどだ。

しかも、それぞれがけたたましく叫ぶこと叫ぶこと。

「だ、大丈夫かい、弥助！」

「忘れちまったって、まさか、あっしのことも？」

「本当なの、弥助さん？」

「あたしのことは？　覚えていますか？」

このままでは部屋が内側から壊れると、月夜公が雷を落とした。

「ええい！　落ち着かんか！　まずは一人ずつじゃ！　一人ずつ、弥助にまみえよ。あとの者は、外に出て、屋根の上ででも待っておれい！」

月夜公の剣幕に、これまた妖怪達は蜘蛛の子を散らすように外に飛び出ていった。残ったのは、玉雪だけだった。

「あのう、ありがとうございます」

「何がじゃ？」

「あのぅ、色々と采配を振っていただきまして……正直、あたくしだけではどうしてよいか、わからなかったと思います」

「ふん。ここに残っているのは、弥助などのためではないわ。あれを眺めるのが楽しいだけじゃ」

月夜公が指し示した先には、千弥がうずくまっていた。蒼白で、頭をかかえたまま、なにやらうめいている。魂が燃え尽き、灰と化したようなありさまだ。

「……千弥様は、ずっとあんな感じで？」

「ふん。まあ、かわいがっている弥助に、おまえは誰だと聞かれて、図太いあやつもさすがに傷ついたのであろうよ」

だが、千弥が完全に壊れたのは、弥助が月夜公を見て、「あれ？　月夜公？　なんでこんなとこにいるんだい？」と、言った時だった。

自分のことを忘れた弥助が、月夜公のことは覚えていた。自分は忘れられ、他の者が覚えられている。

その衝撃に、千弥は耐え切れず、崩れてしまったのだ。

「それ以来、あの様じゃ。情けないことよ」

「……でも、無理もありません。弥助さんが千弥様を忘れてしまうなんて……それも千弥様だけを忘れてしまうなんて、あのぅ、誰も思いませんもの」

そう。弥助は何もかもを忘れたわけではない。

月夜公のことを覚えていたし、玉雪のことも覚えていた。次々と顔を出す妖怪達のことも、笑顔でその名を呼んだ。うぶめ石を割ったせいで、妖怪の子預かり屋になるはめになったことも、あやかし食らいに襲われたことも、きちんと記憶している。

なのに、千弥のことだけがすっぽりと抜け落ちてしまっているのだ。

本人も気持ちが悪いのだろう。しきりに首をかしげていた。

「変なんだよ、玉雪さん。俺、確かに覚えてるんだ。誰かとずっと一緒にいたって。その人と、暮らしていたって。色々と助けてもらって、かわいがってもらって……でも、思い出せない。なんか、その人のことを思い出そうとすると、虫食いだらけの葉っぱみたいに、頭の中が穴だらけになる感じなんだ」

弥助の言っている「その人」が千弥なのだと、玉雪達がいくら言い聞かせても無駄だった。

「わかんない。この人じゃない気がする。全然見覚えがない」

千弥の顔をのぞきこみ、弥助は首を振った。

「……………」

千弥がよろよろと手をのばし、弥助の肩をつかんだ。

「弥助……私だよ。私なんだよ。おまえの千弥だ。千にいだよ。こ、こんなのはいやだよ。おまえに忘れられてしまうなんて……他のやつらのことは全部忘れてしまっていいから、私のことを思い出しておくれ」

「んなこと言われても……」

「頼むから。お願いだから」

涙声ですがられて、怖かったのだろう。弥助は千弥の手から逃げて、玉雪の後ろに隠れてしまった。

「玉雪さん、あいつ、なんか変だよ」

「弥助さん……ほ、ほんとに覚えていないんですねぇ」

玉雪は弥助が不憫でぽろぽろと涙をこぼした。この弥助が、大好きな大好きな千弥のことを「変」と言うとは。外から様子を窺っている妖怪達も、目を白黒させている。千弥に至っては死にそうな形相だ。ただ一人、月夜公だけは小気味よさげな涼しい顔をしていた。

その月夜公に、千弥はすがった。

「なんとかしてくれ！」

「どの口で吾に頼むか、たわけ！」

「いいから、助けてくれ！　この子を元通りにしてくれたら、なんでもおまえの願いを聞く！　なんでもするから！　頼む！」

泣きださんばかりに取り乱す千弥に、月夜公は長年の溜飲が下がった気がした。ふふんと、肩をそびやかした。

「弥助がうぬを思い出さなくとも、吾はまったく困らんが、ま、少々興味はあるな。頭を打った様子もなければ、雷に打たれたわけでもない。なのに、こうもきれいに記憶が消えたというのが解せぬ。それに……これ、弥助」

「な、なんだい？」

「なにゆえ、あのような山中におったのじゃ？　なにゆえ、ここに戻ってこなんだ？」

「えっと……わ、わかんないんだ」

「わからぬ」

「うん」

途方に暮れた顔で、弥助はうつむいた。

「俺は……味噌を買いに行くつもりで……そのことは覚えてるんだ。でも、橋のところで……な、何かがあったんだと思う。思い出せないけど。気づいたら、すごく不安になってた。もう味噌どころじゃなくて。だから、走った」

「で、山へ向かったと？」

「うん。なんか……無性に行きたくなって。山の中に入ったら、気持ちが落ち着いてさ。で、急に疲れて、寝入っちまったんだ」

「ふむ。では……橋の上で何かがあったと見て、まず間違いなかろう。さて、何が起こったのやら」

考えこむ月夜公の前で、弥助は不安そうに立っていた。ちらちらと、千弥のほうを見るが、その目に親しみが浮かぶことはない。今の弥助にとって、千弥は見知らぬ他人でしかないのだ。

それを肌で感じ取り、千弥の絶望はいや増した。思わず、もう二度と呼ぶまいと思った名を叫んでいた。

「雪耶！　な、なんとかならないのか！」

「その名で呼ぶな、その名で！」

がなり返したあと、月夜公は意を決したように顔をあげた。

「誰か、覚を呼んでまいれ」

しんと、その場が静まり返った。弥助は、かたまってしまった玉雪にそっと尋ねた。

「覚って？」

「こ、心を読むあやかしです」

「心を？」

「あい。どんな頑なに閉ざした心も、あのぅ、覚は難なくのぞき見てしまうんです」

だから、覚に近づきたがる妖怪はいない。心を読まれてはかなわぬと、忌み嫌う。覚自身も、皆に憎まれるよりはと、孤独を選び、ただ一人で住まいの山に引きこもっているという。

その覚を、月夜公は呼べと言うのだ。皆が驚くのも無理はなかった。外にいた鬼の一人が、震え声で聞いた。

「あの、月夜公様、本気ですかい？　相手は、あの、覚ですよ？」

「だからこそよ。弥助は白嵐を覚えておらぬというが、他の記憶は消えておらぬ。ということは、どこか心の奥底に封印されてしまっておるのやもしれぬ。覚ならば、その封印も解けよう。誰でもよいから、覚を呼んでまいれ」

そう言われても、なかなか動くものはいなかった。皆、嫌がってうつむいている。

ようやく進み出たのは、やはり玉雪だった。

「あたくしが、あのぅ、まいります」

「うむ」

相当な無理をさせていると悟り、弥助は思わず謝った。

「玉雪さん。……ごめんね」

「いいんです。弥助さんと千弥様のためですから」

ふっくりとした顔を青ざめさせながらも、玉雪は気丈に笑った。

そうして玉雪はその場を離れ、しばらくして覚を連れて戻ってきたのだ。

四

覚は、猿に似ていた。全身が漆黒の毛でおおわれており、顔と手はほおずきのように赤い。一見すると、恐ろしげだが、大きな目は穏やかだった。灰色の衣をまとったその姿は、隠者のようにも見える。

これが皆が恐れる覚なのかと、弥助はまじまじと見てしまった。すでに、他の妖怪達はいない。弥助と千弥のことは気になるが、やはり覚には出くわしたくないと、帰ってしまったのだ。

（だけど、ちょっと露骨すぎるよなぁ。いくらなんでも、あんなふうに逃げていくこたぁないのに）

と、覚が口を開いた。

「それも無理もないこと。誰も、心を読まれたくはありますまい」

弥助ははっとなった。

今、まさに自分の心を読まれたのだ！　口に出していない、心の中にふと浮かんだことさえ、知られてしまうとは。申し訳ないことだが、確かにぞっとする。

覚はふたたび優しく言った。

「かまいませぬ。かような力、恐れるのが当たり前のことゆえ」

「……ごめん、なさい」

「なんの。かまいませぬ」

月夜公が切り出した。

「覚。もうわかっていると思うが」

「はい。そちらの弥助殿の心を深くのぞき、忘れてしまったことが眠っていないかを見ればよいのでございましょう？」

「話が早くて助かる」

「いえいえ。忌み嫌われるのが当たり前のこの身。誰かの手助けができると思うと、無性に嬉しく存じまする」

そう言って、するりと、覚は弥助の前にやってきた。その大きな目が、じっと弥助をのぞきこむ。

弥助はみるみる不安になってきた。本当に見られている。心に手をつっこまれ、じかに探られているのを感じる。怖い。もう耐えられない。

そう思った時、すっと、覚が身を引いた。

覚は月夜公と千弥を振り返った。

「お求めの記憶はありませなんだ」

「なんじゃと！」

「ほ、ほんとに？　ほんとになかったのかい？」

「はい。記憶は、盗みとられておりますゆえ、弥助殿の中にはないのでございまする」

「盗まれた？　誰に？」

「思い出をほしがるあやかし、忘のしわざでございまする」

「忘？」

弥助はもちろんのこと、千弥も月夜公も怪訝な顔をした。

「そんなあやかし、聞いたことがない。雪耶。おまえは知っているのかい？」

「その名で呼ぶなと言うに！　いいや、知らぬ。聞いたこともない。玉雪。うぬはどうじゃ？」

「し、知りません」

「あ、もちろん、俺も知らないよ」

「弥助には聞いておらぬわ」

顔を見合わせる一同に、覚は微笑んだ。

「覚も、今の今まで存じませんでした。かようなあやかしがいるとは。でも、知らなかったのも不思議ではない」

「ええい！　まどろこしいことを言わないでおくれ！　とにかく、そいつが関わっているなら……」

「落ち着かれませ、千弥殿。千弥殿では忘を捕まえることは不可能。いえ、たとえ、月夜公様が直接出向かれたとしても、忘を捕えることはできますまい。これはそういうあやかしなのでございまする」

されどと、覚は言葉を続けた。

「他ならぬこの覚であれば、忘を見つけ、ここまで連れてくることができましょう」

「じゃあ、ぐずぐずしてないで、すぐに……」

「すぐに行ってまいります。されど、その前に一つお約束してくだされ。決して、忘に手を出さぬと。お怒りはわかっておりまするが、どうかどうか、忘を傷つけることのないよう、お願いいたしまする」

ぐぬぬと、千弥の顔が歪んだ。

弥助から自分の記憶を盗み取ったものに、手を出すなだと。ふざけるなと言ってやりたかった。手を出すどころか、骨という骨を砕き、千々に引き裂いてやらなければ、気がおさまらない。

それを読み取ったのか、覚の顔が少し厳しくなった。

「お約束いただけなければ、忘を連れてはまいりませぬ」

「き、貴様！　脅すのかい！」

「お願いでございまする。覚は、忘を失いたくないのでございまする。千弥殿が弥助殿を守るがごとく、覚も忘を守ってやりたいのでございまする」

必死の言葉に、弥助のほうが心動かされた。

「覚。なんで、そんなに守りたいんだい？」

「……………」

「今まで知らなかった相手なんだろ？」

「はい。なれど、ずっと待っていた相手でございまする」

覚は微笑んだ。

「なぜなら、忘はこの覚とは対極にあるものだからでございまする」

忘は、忘れられた思いから生まれたあやかしなのだと、覚は話した。

「忘れたくないのに忘れてしまった。思い出したいのに思い出せない。そういう歯がゆさ、悔やみが、忘を作りました。それゆえ、出会う者はみな、忘のことを覚えてはいられない。忘れてしまうのでございまする。誰からも覚えていてもらえない。誰かとどんなに楽しい時を過ごしても、忘から目を離したその瞬間に、その誰かは忘のことを忘れてしまう。それは寂しい、悲しいことでございまする」

だから、忘は人の思い出を盗む。自分の思い出を持っていてもらえないのなら、自分が他者の思い出を持っていようというのだ。弥助の、千弥にまつわる記憶も、そうして盗られたのだろうと、覚は話した。

「弥助殿の思い出はあまりに美しくて、忘は我慢できなくて、全部盗んでしまったのでございましょう。……わからぬことではありませぬ。この覚も、時折我慢ならぬほどの寂しさに襲われることがありますゆえ」

「覚……」

「ですから、ぜひとも忘をそばに置きたいのでございまする。覚は、心を読み、忘れぬあやかし。忘のことを忘れることはありませぬ。そして、忘は忘で、覚に心を読まれることを恐れぬでしょう。忘れられること以上に恐れることなど、忘にはないゆえ」

「ああ、だからさっき、ずっと待っていた相手だって言ったんだね」

「さようでございまする。……一対のものなのでございまする、我らは」

弥助は千弥のほうを見た。さっきと変わらぬすごい顔をしている。きれいな造作であるだけに、恐ろしい表情だ。

怖いなと思いながらも、弥助はそっと言った。

「あの、千弥、さん……」

「弥助。なんだい？　どうしたんだい？」

「あの……俺からもお願いするから。忘ってやつが来ても、怒らないでやってくれませんか？」

「……」

「そうすれば、覚は忘を連れてきてくれるって言ってるし。えっと、俺、早く記憶を取り戻したい。思い出したいんです。千弥さんのことを」

氷が解けていくように、みるみるうちに千弥の顔がゆるんだ。

「思い出したい。今、そう言ったね？」

「う、うん」

「覚！　ぐずぐずするんじゃないよ！　約束する！　約束するから、早くそのろくでもない忘ってやつを連れてきておくれ！」

覚は深く頭を下げ、すっと姿を消した。そして、次に現れた時、その横には小さな男の子の姿があった。

腰から下がなく、ふんわりと空中に浮かび、夢見るような目をした男の子。その手には、小さな袋がしっかりと握られていた。

この子供が、弥助の記憶を奪った。

そう理解すると同時に、千弥は反射的に飛びかかりそうになった。が、血が出るほど自らの左手で右の手首を握りしめ、なんとかこらえた。手を出さないと約束したのだし、弥助も見ている。

ぐぬぅっと、必死で我慢する千弥に、覚はほっとしたように体から力を抜いた。そして、忘に優しく言った。

「さ、忘。盗ったものを弥助殿にお返しせよ」

「……やっぱり返したくない」

忘はもじもじと身をゆらした。ぎゅっと、手に持つ袋をますます握りしめる。

「それはならぬ。返さなければならぬものだと、教えたはず」

「でもぉ……これ、すごくきれいで……今までの中でも一番なの」

「わかっている。わかっている」

覚は身をかがめて、忘を抱きしめた。

「おまえはずっと寂しかったのだろう。みな、すぐにおまえを忘れてしまう。誰にも覚えていてもらえぬつらさは、この覚、ようわかる。それが寂しくて、他の人の、一番温かくて素敵な思い出を盗んでいたのだろう？　なれど、それは悪いこと。いけないことだ。それはわかるであろう？」

「……うん」

「ならば、返さなくては。弥助殿の思い出は、返しなさい、忘。そのかわり、ずっとこの覚がそばにいる。忘のことを、覚は決して忘れぬから」

「ほんとに？　絶対に？」

「むろんのこと。忘が生まれてきてくれるのを、出会えるのを、覚はずっと待っていたのだから」

そんなことを言われたのは、初めてだったのだろう。忘は、それはそれは嬉しげに笑った。花開くような笑みに、見ている弥助もつられて微笑んだほどだ。

「じゃ、返す」

忘は袋を開いた。出てきたのは、色とりどりの美しい花菓子だった。その中でもひときわ大きな、薄紅色の菓子を、忘はつまみあげた。

「はい。これが、弥助の」

「あ、ありがと」

弥助は菓子を受け取った。紅水晶のように透き通った菓子は、芯のほうが赤くまたたいている。見ているだけで胸が温かくなるような色合いだ。

「それを食べれば、記憶が戻りましょう。それでは、覚はこれにて。忘は覚のもとでお預かりいたしますゆえ」

「ああ、どこへでも行っていいよ。さ、弥助。もうあいつらのことはどうでもいいから、早くそれをお食べ、お食べお食べ！」

慌(あわ)ただしく千弥にせきたてられ、覚と忘に別れを言う暇もなく、弥助は菓子を口に入れた。舌の上に置いたとたん、菓子はすっととろけた。なんとも言えない甘みが、全身に広がっていく。

その心地よさにため息をついた時、弥助は唐突に思い出した。自分が誰を忘れていたかを。

「千にい！」

「弥助！　ああ、弥助！」

あとはもう言葉にならなかった。ただただお互いをひしと抱きしめるばかりだ。

そんな二人を、玉雪は涙ぐみながら見つめていた。だが、月夜公が帰るそぶりを見せたので、急いで声をかけた。

「あのぅ、お帰りに？」

「むろん帰るわ。これ以上ここにいてなんになる？　馬鹿馬鹿しい」

「ありがとうございました。本当に。あのぅ、千弥様も心から感謝しておられると……」

「やめよ！　あやつの感謝など、虫唾が走るわ！　じゃが……よかったではないか」

「ええ。ほんとに。あの二人はやっぱり、あのぅ、ああでなければと思うんです」

「ふん」

月夜公はいつものように鼻で笑ったが、そこにいつもの冷ややかさはなかった。

「吾も……津弓のことをああして抱きしめてみるか」

「それはよいことですね」

「なっ！　な、何も言っておらぬわ、吾は！」

「え、でも、今……」

「帰る！」

風よりも素早く、月夜公は姿を消した。

一瞬唖然としたものの、玉雪はくすくすと笑いだした。あんなに慌てる月夜公の姿を見られるとは。もしかしたら、自分はとてもついているのかもしれない。

屋敷に戻った月夜公は、ぎこちなくも、きっと甥の津弓を抱き寄せることだろう。津弓は最初は驚き、次には大喜びして抱き返すに違いない。

そんな二人の姿が目に浮かび、温かい気持ちになった。胸の中に、ほんのりと小さな花が咲いた気がする。

今の自分の気持ちが、思い出の花菓子になるのなら、それはいったい何色だろう？

「……橙色(だいだいいろ)、かしら？」

そんなことを考えながら、玉雪はそっと長屋から外へ出た。弥助と千弥の邪魔をしないために。

あとがき

読者の皆様へ。

まずはこの本を読んでくださったことに、心から感謝いたします。〈妖怪の子預かります〉シリーズも三冊目に突入いたしました。この本は、これまでにない試みに挑戦した巻でもあります。オリジナル妖怪キャラクターを一般から募集し、そのキャラクターありきで作品を書いたのです。

公募したところ、数々の魅力的なキャラクターが集まりましたが、中でも「忘」は印象的でした。設定を読んだ瞬間、物語がぱっと浮かんできたのです。

こうして、本巻に収録されている「忘れじの花菓子」が完成しました。「忘」という妖怪を生みだしてくださった東雲騎人(しののめきじん)さん、本当にありがとうございました。

私にとって、別の人が考えたキャラクターを基に物語を書くというのは、初めてのこと。最初はとても不安でした。でも、やってみると、これがなかなか楽しくて。もし機会があれば、またぜひやってみたいものです。

そうそう。私、この第三巻の表紙絵が一番好きなのです。躍動感があって、とてもすてき。しかも、構図も最高です。大物の大妖怪が三人も揃っているんですから。画家のMinoruさん、本当にありがとうございました。第四巻の絵も心から期待しています。

さて、シリーズ第四巻ですが、新たなキャラクターを登場させようと思っています。イタチ系妖怪の女の子です。いや、これ、訳があるのです。とある編集者さんより、「イタチの妖怪出してくださいよ～！　イタチって、悪者とかずる賢いとかのイメージばかりで、ろくなキャラがいないんです！　かわいいの出してください！」と、熱く熱く語られてしまいまして。その方のイタチ愛に感化され、ただいま色々考えているところです。大きなテーマは、「親子の仲直り」ってところでしょうか。

そして、ぼんやりとですが、五巻のことも考えています。五巻のテーマは、「嫁取り」にしようかしら。ふふふ。誰がメインになってくるかは、まだまだ秘密です。

とにかく、四巻にも五巻にも、新旧合わせて、多くの妖怪を登場させたいものです。編集者の小林さんにこれからずいぶんご迷惑をかけるかもしれませんが、小林さん、見捨てないでください！

では、どうか今後も〈妖怪の子預かります〉にお付き合いくださいませ。

検　印
廃　止

著者紹介　神奈川県生まれ。『水妖の森』で，ジュニア冒険小説大賞を受賞して2006年にデビュー。主な作品に，『妖怪の子預かります』，〈ふしぎ駄菓子屋 銭天堂〉シリーズや『送り人の娘』，『火鍛冶（ほかじ）の娘』，『魂を追う者たち』などがある。

妖怪の子預かります3
妖（あやかし）たちの四季

2016年12月16日　初版
2021年12月6日　6版

著　者　廣（ひろ）嶋（しま）玲（れい）子（こ）

発行所　（株）東京創元社
代表者　渋谷健太郎

162-0814/東京都新宿区新小川町1-5
電　話　03·3268·8231-営業部
03·3268·8204-編集部
URL　http://www.tsogen.co.jp
振　替　00160—9—1565
フォレスト・本間製本

乱丁・落丁本は，ご面倒ですが小社までご送付ください。送料小社負担にてお取替えいたします。

ISBN978-4-488-56504-6　C0193